ありがとう、あなたへ

阿南慈子

思文閣出版

カバー・本扉挿画――小出麻由美

目次

いのちをそっと抱きしめて

神さまからの贈りもの

人生という愛

小さくされた人々

母の祈り

愛しています

いのちをそっと抱きしめて

あの方と珊瑚

人から見たら私　生きていないように見えるかもしれない
ただ翠《あお》い海の底に　じっと動かずにいるの
人から見ると私　死んでいるように見えるかもしれない
ただ広い海の底に　じっと身をよこたえているの

それでも私の生命《いのち》は生きている　こんなにも生きている　本当に

歩いて行くことはできないし　泳いで行くこともできない
ただ翠い海の底に　じっと動かずにいるの

瞼《まぶた》をあけても何も見えないし　身体《からだ》は何も感じない
ただ広い海の底に　じっと身をよこたえているの

それでも私の魂は感じている　こんなにも感じている　本当に

大きな魚からの攻撃に　逃げまどう小魚《こざかな》たちの叫び
せっかく産みつけた幾百万もの卵や　漸《ようや》く孵化《ふか》した稚魚たちを
わがもの顔に食べられても　見ているしかない悔しさ
それでもわずかは免《まぬか》れて育ち　群をなし泳ぐときの感謝と喜び

かれらの思いのすべてを私　感じている　知っている　本当に
鯨《くじら》もマンタも甚平鮫《じんべいざめ》も　創造されたのはあの方
ピラルクもジュゴンもネオンテトラも　創造されたのはあの方

そして何よりあの方が
愛をこめて創造され慈《いつく》しみで包んでおられる　白い珊瑚《さんご》は私

足の思い出

幼い頃から　食いしんぼうだった私
おいしいものを食べると　自然に足がピンコピンコゆれて
「お行儀悪いわよ」と母にしかられた

かけっこが得意で　運動会はいつも一位
一位のしるしの紫リボン　うれしかった
（徒競走では　一位の目印紫リボン　二位緑　三位ピンク　四・五・六位はリボンなしだった）
四つ下の弟と　学校までの二キロの道のり
歌ったり走ったりして　楽しく通《かよ》った

高学年のマラソン大会
チビだったけど　いつもハリキッて走った
痛む横腹　ゴールはもうすぐ
四年五位　五年二位　六年一位　ヤッタ！

中学はバレーボールクラブ
大好きだったから　キャプテンになった
高校は生徒会体育部長
体育祭での選手宣誓　胸がドキドキ
「宣誓　私達は　今日一日　スポーツマンシップにのっとり……」

「奥村さん(旧姓)　廊下は歩くものなのよ
あなたはいつも走ってばかり」
シスターマリスステラに　よくしかられた
「はい　わかりました」言うが速いか　もう走り去っていた

高三の頃　自転車を買ってもらった
修学院の家から京都駅まで（往復　二十キロ）
次は逢坂《おうさか》山越えて琵琶湖まで（往復　三十キロ）
一度も休まず行けたのが　私の喜び！

楽しかった婚約時代
彼と二人で　大阪ペアマラソンに出場
運動不足にもかかわらず　四キロを完走
これからの二人の人生も　完走しようねとほほえんだ

祝福に満たされた　教会での結婚式
義母《はは》のパイプオルガンに合わせ　実父《ちち》の介添えで歩む紅いじゅうたん
祭壇の前に待つ彼の瞳を
私は思いをこめて見つめつづけた

そして　与えられた二人の子供
だっこして　またベビーカー押して散歩した
少し大きくなり　走り廻る子供たち
「まてまてまて」と追いかける昼下がり

病気して　下半身全く動かなくなった
少しずつ回復　三カ月目に歩けたあの日
再び甦《よみがえ》り　大地を踏みしめ立った足
足音たてて歩けたあの喜び　あの感動

再発し　また足は岩のように動かない
とてもひどい再発だったから
もうダメかもしれないと　先生に言われた
二度と再び立てないだろう　私の足

でも　悲しむことも　泣くこともない
神様　三十三年間丈夫な足をありがとう
沢山の　素敵な足の思い出をありがとう
足を　今御手《みて》にお返しします

これからも　元気で明るく残してゆこう
車椅子の思い出を……

手というものは

今度は手が動かなくなった
三十数年間動き続けてくれた手が

今までしてきてくれたこと
　きれい好きで家中ぴかぴかに磨き上げていた
　お料理も好きで美味しいものたくさん作った
　洋裁が得意で子供たちの服いっぱい作った
　ギターは簡単なコードだけ少し爪弾《つまび》いた　C《シー》　Am《エーマイナー》　D7《ディーセブン》

もっとしたかったこと

胸の前に手を合わせて祈ること
両親の肩を心を込めてもむこと
子供たちの頭をやさしくなでること
人との出会いと別れに篤く握手すること

こうしてみると手というものは　神様への賛美と感謝と祈りのため
そして人への愛と励ましのためにあることがわかる
そのためにあたえられていたものであることがよくわかる

夜中に一人起き出して

私の通った幼稚園は、家から歩いて二十分くらいのところにあるドミニコ幼稚園だった。幼稚園の一年目四歳頃に、母が少し長く入院していたことがある。それで、朝夕幼稚園の送り迎えは父がしてくれた。若い銀行員だったので朝は早く、幼稚園に着く頃はまだ門はかたく閉まっている。父は「もうすぐシスターが開けて下さるから、それまでお利口に待っていなさいよ」と言って出勤して行った。残った私は、フェンスの中の歌壇に咲く花を眺めたり、地面にしゃがんで土をいじったりしながら、門の開くのを待っていた。

ところが十分ぐらいすると、毎日とても恐ろしいことが始まるのだ。向こうの角を曲がって一人の女の人が、牛くらいもある大きな犬の鎖をジャラジャラさせながら散歩にやってくる。私は毎日「ああ、今日こそ食べられてしまうにちがいない」と、悲惨な覚悟をして鉄のフェンスにしがみつき、じっと目を閉じて恐ろしいこの瞬間が通り過ぎるのを待っていた。鎖のジャラジャラという音が、私の後ろを通り過ぎ小さくなっていくと「ああよかった、今日も無事、つまり頭からガブリと食べられずに済んだ」と、胸をなでおろすのだった。

その後シスターが門を開けて下さり園内に入っても、まだまだ早くて誰も来ていない。時々前日の保護者会のままに、大人用折りたたみ椅子がホールに並べてあることがあった。早出の先生が一人で片付けておられるのを見て、私はいつも張り切って手伝った。大人用の椅子《いす》なので、背丈の小さな私には縦にしては運べない。それで横にして、何と左右に二脚ずつ、つまりいっぺんに四脚も運んだのだ。先生が目を丸くして驚かれるのが面白くて、そして早く片付いて助かったと喜んで下さるのが嬉しくて、お調子者の私は一度に四脚を運び続けるのだった。

こんなお調子者の私はそのまま大人になったらしく、四十三歳のとき、単行本『神様への手紙』を出版することができた。これを千葉県に住む弟奥村聡《さとし》の所に送ったら、姪の育子《いくこ》が担任の先生に届けたという。先生が「育子ちゃんの伯母さんは目が見えないのですね。お友達に書き取ってもらってこの本ができたのね」と言われたそうだ。すると育子は「ううん、目はぱっちり開いててちゃんと見えてるの。それにお昼は寝ているけれど、夜中に一人起き出して机でちゃんと書いてるの」と言ったと聞いた。

育子には、私が病気も障害も持たない、健康で自由な体に映っているのだと知ってとても嬉しく胸が熱くなった。そうだ、本当に今夜あたり、夜中に一人起き出して、机に向かってエッセイか詩でも書いてみようかな？　何だか本当にできそうな気がする。

金の指・銀の指・鉛の指

百年に一人とまで言われた、天才女流チェリスト、ジャックリーヌ・デュ・プレ（イギリス人）の存在を知った。彼女はわずか三歳でオーケストラの楽器紹介を聞いた時、チェロの音色に魅了されその道に進むことを自ら選んだ。十七歳のデュ・プレの公式の演奏は、聞く者の心を揺さぶり、強くとらえて離さなかったという。

彼女はその芸術活動の絶頂期に初来日した。でも体調に異変を感じ、予定は全てキャンセルし帰国した。これが二十四歳の彼女に現れた、難病多発性硬化症の初めの兆候であった。

これを知って私は、このような天才チェリストが、私と同病であったことは、一つの誇りだと思った。そしてさらに、天才の黄金の指を病気によって失ったということは、私たち凡人の想像をはるかに越えるものだろうとも考えた。

だけどしばらくして私は、この考え方はちょっと違うなと思うようになる。というのは、私のように何の特技も才能もない、平々凡々いやそれより、平々々凡々々の唯の主婦の鉛の指であっても、金の指や銀の指と全く同じことではないか。それを失うことは、どんな指でもこんなにも悲しく、その指はどこまでも懐かしく惜しむものである。

デュ・プレの黄金の指が消えた時、彼女はその悲嘆に押し潰されてしまわなかった。指も目も足も失ったけれど、「まだ私には聞く耳があります。言葉を話すことが出来ます」と、車椅子で後輩の指導に力を尽くしたと聞いた。闘病生活十五年、四十九歳で亡くなるまで、そのことが素晴らしいのであって、有名人だからとか、天才的な芸術家だったからとかではない。病気に負けずに立ち上がり、出来ることをしながら、生き抜く姿を彼女の中に見て、そのことが私たち多発性硬化症患者の誇りなのだと私は思う。

金の指も銀の指も鉛の指も、それぞれかけがえなく尊い。このデュ・プレの生きる姿勢を、鉛の指の私も見習い生きていきたいと思っている。

痛みの共感

病気によって人は様々な痛みを覚える。痛みはいうまでもなく目には見えず、レントゲンにも写らない。採血してみても血液検査のデーターに、「痛み指数」の欄はない。

あれは私が小学校一、二年の頃だったか。姉と二人で道を歩いていると、急にお腹《なか》が痛くなった。きつい痛みで思わず「ウッ、痛い！」と声をあげ、かがみこむ。さしこむように痛むのがこわくて、姉の手を取って、私のお腹に当ててこう言った。「ねっ！　お姉ちゃん。こんなに痛いのよ。すごく痛いでしょ」。すると姉はケラケラ笑い、「バカね、人の手でさわって痛みが感じられるわけないでしょ」と言う。それで私もそのことに気がついて笑ったのだけれど、痛みというものがとても孤独なものであり、自分一人で担っていかなければならないのだと、厳粛な気持ちがしたのを覚えている。

私が多発性硬化症になり、今、首から下は全然動かず、感覚もないのだけれど、不思議なことにしびれと痛みだけはしっかり感じている。特に背中の真ん中と腰のあたりがひどく痛む。それが最近では、それと同じような痛みとしめつけ感が前面の方にもやって来た。胸と胃のあたりと、腹部も、全部。日中も絶えず痛むけれど、何故か夜がきつく、そのしびれと痛みに眠れないことも多い。

こういう痛みには普通の鎮痛剤では効き目はなく、一つ考えられる薬も呼吸を抑える副作用があるので今の私にはあまり使えない。そんな状態だけれど主治医に伝え、主治医が「そうか。そんなに痛むのか。痛みだけでも何とかとれればいいのだが」と言って下されば、私にとっては痛みのすべてが消えたのと同じなのだ。本当にほとんど同じ。少しは違うけれど……。そしてこれが、「共感」なのだと思う。会う人みんなに痛いのだと伝える必要はない。このようにお医者さんや家族、親友などの誰か一人が心から解ってくれれば、どんな痛みも乗り越えてゆけるのだと思う。

身体的な痛みだけでなく、人の持つ様々な不安や悩み、苦しみも、共感してくれる人がいればきっと乗り越えられる。だから痛みの共感というものは、人と人との関わりの原点、すなわち愛の結晶なのだと私は思っている。

私にとって存在の価値

私も元気だった頃は、いろいろな趣味や好きなことがいくつもあった。例えば趣味の一つである音楽は、歌を聞くのもいいけれど、何といっても大好きな賛美歌を合唱のメンバーと共に歌うことが、何よりも嬉しかった。大人になってフルートを少し習ったけれど、こなせる曲はバッハのメヌエットと早春譜の二曲だけ。これも楽しい思い出。あと旅行に行くことや、家の内外の片付け飾り付け、料理、洗濯などの家事もこの上ない楽しみであり、喜びの務めであった。

それともう一つ、なぜかいつも気になっていた視力障害のある人と関わりたくて、ライトハウスで朗読ボランティアやガイドヘルパーも少しさせてもらっていた。これらのことを私はとても大切にし、生き甲斐だと思っていた。

でも三十一歳で多発性硬化症になり、再発を繰り返すたびに視力や身体のあちこちの機能が消えて行った。そのため今まで当たり前のようにしてきたたくさんのことが、どんどん出来なくなっていく。趣味や好きなこと、務めと思っていたことや、生き甲斐としていたことも……。あれもダメ、これは無理と次々消していくと、あと何が残ったか。あらゆるものを削ぎ取り削ぎ取り削ぎ取ったら、いったい何が残ったか。それは私にとって生きることの意味は何であるかの答えを出すことであった。

自分が生きている値打ちは、存在の価値がどこにあるかを見つめる。苦しい模索の末に、私なりの結論が出た。それは人への愛と、神への愛（祈り）だと思う。その、人に対する愛も、ただ家族を愛するだけにとどまりたくない。たとえばハンセン病の人がいる。長い間不当なライ予防法等によって、他に類を見ないほどの虐待と差別に苦しみ、闘い抜いてきた彼らを私は愛したい。人への愛を、愛そのものである神の深い深い思いにそわせたい。これらの、人への愛と神への祈りは、病気にも障害にも決して邪魔されることはない。

でもこれら心の姿勢、精神性を最上のものとすればするほど、それを抱《いだ》きえない場合はどうなるか。病気によってそういう状態に私もなるかもしれない。実際そうなって、この世を去って行った難病の友が何人もいる。また精神・知的障害のある人や、老人性痴呆症の人の存在価値は？

それを考えると、私は結論をあらためよう。人への愛と神への愛（祈り）、このたとえようもなく貴重なものが消え去っても、なお神からの愛がある。神はすべての人の魂を愛し、その幸せを望んでおられる。だから私にとって存在の価値は、「神の愛」「神に愛されているということ」ただそれだけ……。

真珠

六月の誕生石真珠を私は婚約指輪に贈られた。一粒の白い大好きな真珠を……。真珠は阿古屋《あこや》貝の中に一つの核がつき刺さると、その痛みの刺激によって入ってきた核を包み込むように真珠質が分泌され、それがあのように美しい一粒の真珠を作り出すという。しかもこの真珠の元となる核は、ただの塵《ちり》・芥《あくた》、つまりどうでもいいような無意味な無価値なものであると聞いた。その塵芥が、貝の中に痛みをともなって入ることにより、初めて真珠質が分泌されるということの事の重大さがこのごろ分かるようになってきた。

私はこんなに小さく弱い人間だけれど、そんな私を守り、包み込むように今真珠が作られている。ある時うちに来られた一人の人が、その時いらしていた宮川佳子さんにこう言われた。「このおうちには宮川さんの同級生が多く来るのね」。すると宮川さんは「ええそうなんです。私と私の同級生が慈子さんを抱きしめているのよ」と言われた。宮川さんが大切な友達をどんどん紹介して下さる。そしてたくさんの私の友達や、お医者さんや看護婦さん、神父様やシスター方、家族を含めて私はみんなに抱きしめられている。指一本動かせない私だけれど、こんなにも幸せであるということは、神様のお望みが私の幸福であることなのだということがよく分かる。

でも私が一人幸福になれば良いのではない。こんなに弱い無意味な核が、愛と友情によって美しい真珠を生み出すなら、神の愛によって創造され、日々創造され続けている人間一人残らず全員が、幸福に喜びのうちに生きなければならないのだ。

愛と友情に抱きしめられてより美しくきらめく一粒の真珠に私はなりたい。

痛み経て真珠となりし貝の春　　青木恵哉《けいさい》

すず虫

大地ふみしめ佇《たたず》むは　ほんの小さな虫けらなるわれ
わずか一センチにも満たぬ　ほんの小さなすず虫なるわれ

虚飾の衣服に身をおおうことなく　何ひとつ背負いたずさえる物もなし

空腹を覚えれば草を食《は》み　かわいた喉《のど》は夜露に潤す
ただ生かされあるがままの姿で　貧しく素朴に暮らす毎日

さわやかに澄みわたる秋空の　うろこ雲遼《はる》かになつかしみ
銀色に冴えわたる月の雫《しずく》に　胸ふるわせて涙ぐむ

友への愛を詩《うた》い語りかけ　友からの愛に耳と心澄ませ
宇宙の大霊《たいれい》＊なる神の愛に　この身と命ある限り
詩い語りかけ続けるすず虫の　ごとく生きるをわれは祈らん

平成九年　神無月

＊宇宙の大霊とは、宇宙一大いなる霊のこと、宇宙全部を統べ給う御者。

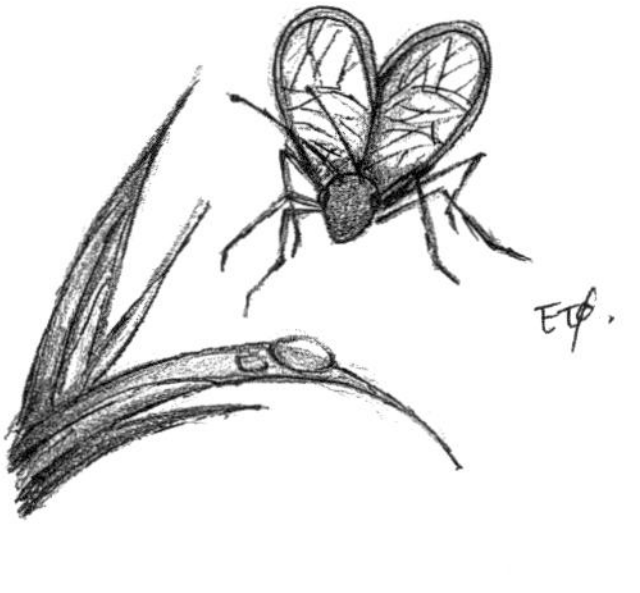

神様からの贈りもの

クリスタル

人の魂の透明な美しさとは
その人らしさの色はあるけれど
それが澄んでいて透明なため
向こう側に神さまが見えること

そういう人が確かにいるのです
私？　私はだめです　澄んでいないから
白が好きだから　色は白だとしても　それはハッカの白

いつの日か　澄んで澄んで透明になって

クリスタルみたいになりたいけれど
いつの日か　澄んで澄んで透明になって
神さまの御姿《みすがた》 表わしたいけれど……

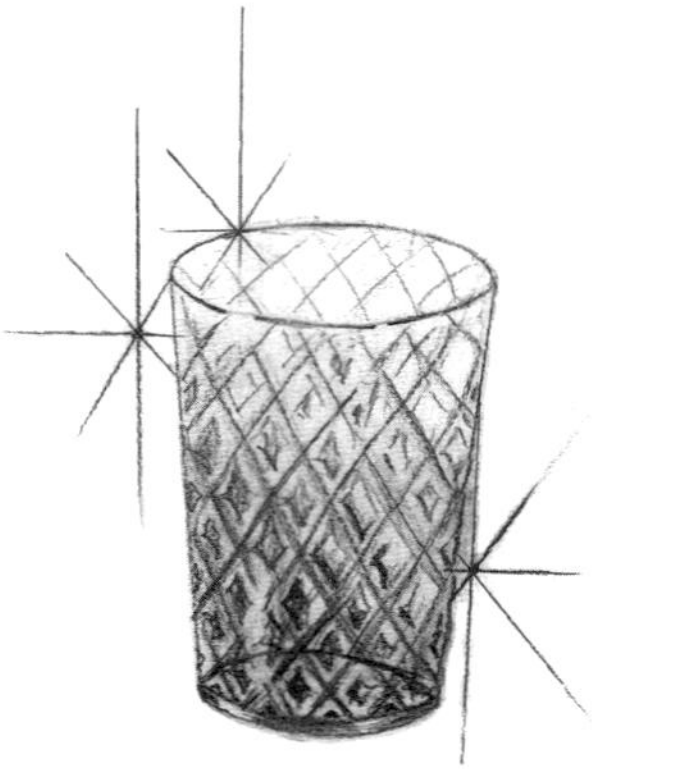

朝

「こんばんは、ミュージックダイアリーの時間です。今晩のお相手は阿南慈子、最後までごゆっくりお楽しみ下さい」という耳に心地良い声が流れてくる。これは結婚して何年目か、多分二十代後半の頃だと思う。朗読の練習の続きに、ある日ディスクジョッキーのまねごとをして、番組を作りテープに録《と》ったもの。

テーマは「朝」に決めて、朝に関する私の思いをいろいろ話している。光、透明感、旅立ち、希望など朝に受ける印象を思い入れ深く語っているのを聞くと、私は本当に朝が好きなんだなと思う。

ヘブライ語で「おはよう」と言うのは「ボーケルトーブ」と言うらしい。「朝なのに寝ぼけているとぶっ飛ばす」とごろ合わせで覚えれば良いということも話している。最近知ったヘブライ語のトーブというのは、良いという意味であるそうだ。それも単に善し悪しではなく、天地創造の時、神が創り出した物を見て大変満足され「良しとされた」の良しだという。つまり本当に素晴らしいものの時だけ使う。

朝には私はいつも神からの赦《ゆる》しと祝福を感じてしまう。「夜が嘆きに包まれても、朝は喜びに明けそめる」と詩篇にもあるように。きのうまでの自分の罪に泣く人に、新しい朝はやり直しを祝ってくれる。この赦しと祝福の典型が、キリストのご復活。朝と言えば何よりもキリストのご復活の朝、マグダラのマリヤに現われ、そして次々弟子たちに現われたキリスト。この闇に打ち勝った清々《すがすが》しい命の確かさを、全ての人が心の希望として、抱き続けていくことこそが、天の御父《おんちち》のみこころなのだと私は思う。これから幾度私は朝を迎えることが出来るだろうか。その一回一回を喜びと感謝をもって迎えたい。

ふるさと

この頃、私の心に「ふるさと」という言葉がいつも響いている。それは或る時、私と同様に難病を患う友だち紀久子さんが、主治医から聞いた言葉を話してくれたから。病気の具合が悪くなる度に、何度も入院しなければならない彼女に、先生は言われた。「病院をあなたの第二のふるさとと思いましょうね。具合が悪くなったら帰ってきて、羽根を休めればいい」。

「ふるさと」……なんて温かく優しい、そしてなつかしい言葉だろう。

『ふるさと』という歌がある。「うさぎ追いしかの山　小ぶな釣りしかの川……」と、日本人なら誰でも必ず一度は歌ったと思う。ふるさとを持つ人は特に、万感胸に迫る思いがあるだろうし、ふるさとらしきものを持たぬ人にも、幼い頃の思い出が走馬燈《そうまとう》のように蘇《よみがえ》る。

最近、読んだ本*によって、この『ふるさと』という小学校唱歌は、実はイギリスで、古くから歌い継がれてきた賛美歌のメロディーであることを知った。その賛美歌の内容は、「人間はみな神から限りなく愛されている、神の子どもなのだ。神はそれぞれの人の真の幸せを願っておられる。この神の愛にどのようにして応えていこう。神の愛を知り、愛をもって命を生きぬくことこそ、人間の生きる目的、ほんとうの目ざすべき道なのだ」。これを聞いて私は、『ふるさと』のメロディーにあわせて詩を作ってみた。

1　神の愛に守られ　慈しみにやすらぎ
親と子との交わり　共に生きるよろこび

2　神の愛に包まれ　恵みつねに受けつつ
友と友の交わり　ゆるしあえるよろこび

3　神の愛に満たされ　希望永遠《とわ》にかわらず
人と人の交わり　愛しあえるよろこび

この歌の題は『神の愛に』と名付けた。この世の命を愛をもって生きぬき、ほんとうのふるさと、永遠のふるさとに帰り、神に相まみえるその日まで、人間としてふさわしく、自分らしく生きていくものでありたいと、心から願っている。

＊『いのちの贈り物』鈴木秀子著（中央公論社刊）

ボランティアの次の日から

人間は誰でも、魂の深いところでは、困っている人を助けたい、誰かの役に立ちたいと願う生きものなのだと思う。旧約聖書の創世記に、人間が神に象《かたど》り似せて創造されたとあるけれど、このことがその証拠ではないかと私は思っている。つまり、他者への愛に向かって生きている存在だということ。いつもは利己的で、「自分さえ得すればいい。他人のことはどうだってかまわない」とうそぶいているような人でも、何かの時に自分のしたことで誰かの役に立ち喜ばれていたのだと知れば、新鮮な感動を覚え、すがすがしい気持ちになるのではないだろうか。

三年前の阪神大震災の時も、そこに友人・知人のあるなしにかかわらず、日本中から数え切れないくらい、大勢の人々が勤めをおいてでも馳せ参じ、昼夜を問わず、惜しみなく力を尽くしたことは記憶に新しい。このような場合、火事場泥棒が頻発し、対応の遅い政府への不満が爆発して、しばしば暴動にもなる外国のいくつかの例に比べて、日本人もいいとこあるなと見直されたと聞いている（阪神大震災には、日本だけでなく、「国境なき医師団」などグループ・個人を問わず、多くの人々が世界各地からかけつけて下さった）。

これらボランティアというものは、見返りや報酬を期待しない無私の最も人間らしい尊い愛の行為で、私のように体に障害を持つ人たちも、多くのボランティアに支えられ励まされて生きている。初めは、ここに困っている人がいる。だから何か手伝えることがあるかもしれない……と思って来てくれる。そして来てみれば慈子という人間がいた。そして代読代筆を手伝って下さる、とこうなる。

だけどボランティアの次の日からは、これが少し変わるのだ。まず慈子がいて、その慈子に会おうと思って来て下さる。会ってみれば不自由しているから、代読代筆を手伝う。つまりボランティアの次の日からは、漠然とした「困っている人を助ける」を通り越して、一個人へのダイレクトな友情・愛が始まるのだと私は感じている。

そしてこれは私にとっても同じことが言える。次の日からは、「親切でやさしいボランティアさん」を通り越えて、固有名詞佳子《よしこ》さん、裕子《ゆうこ》さん、節子さん、真佐子さん、美恵子さん、順子《のぶこ》さん、優里子さん、順《のぶ》さん、真美さん、サツ子さん、八千代さん、芳美さん、恵子さん、桃子さん、尚子《なおこ》さん、久乃さん、和夫さん、好江さん……となる。これらの人々の、沢山の赦しと忍耐、友情と愛に温かく包まれて今日も私は生きている。心からの感謝のうちに……。

白い車椅子

娘七星《ななせ》がお世話になっていた保育園は日本キリスト教団ペスタロッチ保育園といい、園長糸井牧師先生をはじめ、先生方も子供達も生き生きした素晴らしい保育園だったと思う。ある日、体調が良かった私は車椅子に乗せて貰い、たった一度だけのことに終わってしまったけれど、七星の迎えに行った。保育園について門の所で私は一人で娘を待ち、連れてきてくれた主人は園のなかへ七星を迎えに入って行った。そこへ誰か子供が近づいてきた。

「ねえ、おばちゃん、何でこんなものに乗っているの?」と言うから、私はたぶん私に話しかけているのだろうと検討をつけて、その子のほうに向かってこう答えた。

「私は足が立たないの。だからこの車のついた椅子に座っているとどこへでも行けるのよ」と。するとすぐにその子は「ちっともおかしくないや。白くてきれいだもん。

タイヤは銀色でピカピカ光っているもん」と言った。私は驚いた。しっかりした口調だったから年長さんだったとしても五歳か六歳のこと、そんな小さな子が相手の気持ちを思いやり、車椅子のことを白くて綺麗だと言い銀色にぴかぴか光っていると言う(タイヤが銀色というのは、タイヤの横についているハンドルがステンレスであることを言っているんだと思う)。「ちっともおかしくないや」と言ったということは、やはりはじめおかしいと思ったのだろう。でもその気持ちをすぐ訂正し相手を励ますなんてすごいと思う。やっぱりペスタロッチ保育園はすばらしい教育をしている、と娘をあずけたことを改めて感謝したことであった。

それからその女の子に一言こう言いたい。

「あなたは、私を励ますために神様がつかわして下さった天使だったのではないですか?」と……。

ストレッチャーに乗って

普通、人工呼吸器をずっとつけている人でも、車椅子の使用は可能である。車椅子の下に、人工呼吸器とバッテリーを載せるように改造し、どこへでもドンドン積極的に出かけている友達は何人もいる。

でも私は、肺活量が少なくなったせいか、水平に寝ていなければ、呼吸器をつけていてもすぐ苦しくなってしまう。それで何とか退院できた私は、残念だけれど車椅子をあきらめ、外来受診のために、夫が思いきってストレッチャーを一台購入してくれた。そのストレッチャーの下に、何十キロもある人工呼吸器とバッテリーを、バランスよい位置に、しかも出し入れしやすい引き出し式の棚を、工夫し作製してくれたのは、小学校時代の同級生鳥居信一君だった。鉄工所をやっている彼は、前社長であるお父さんや仕事仲間のみんなと力を合わせて、それはそれは見事な素晴らしい棚を作ってくれた。

ストレッチャーに乗って外来受診するのが、今の私の唯一の外出であり、楽しみな夫とのデートなのだ。実は、ストレッチャーに乗っているからこその楽しみがある。ストレッチャーを一人で押してくれている夫を気遣って何人もの人が「手伝いましょうか？ 大変ですね、お大事に」と声をかけてくださる。そのたび私は、通りすがりのその方達から温かい思いやりを受け取り、感謝の思いが胸一杯に広がる。

それにこんなこともあった。病院で診察を終え薬をもらいに、夫が私一人を廊下の隅に残して離れていった時のこと。目をつむってじっと横たわっていると、小さな子供のこんな声がした。

「ねえママ、あの人なんであんな所で死んではるの？」

するとお母さんは、あわてたように「シー、コレ、何言うの」と言って二人の足音は遠ざかって行った。私は笑い出したいのを必死にこらえながら、その子を驚かせないように、まぶたを閉じたまま、しばらく死んだふりをしておいた。

一番最近の外来ではこんなことがあった。ストレッチャーで一人待っていると、(この時はまぶたをあけていた) すぐ耳のそばでこんな声がした。「しんどいか？」。

私は見えないまなざしをそちらに向けて、口パクで「いえ、大丈夫です」と答えた。すると再び同じ声が「しんどいか？」と言われるので、「大丈夫です。ありがとう」と私は答え少しほほえんだ。その人は「そうか、がんばってや」と言って去って行かれた。静かなその声は、ただの中年のおじさんのものではなく、イエス様か、優しい神様からのお使い、天使の声となって私を包んでくれた。

三十一歳で多発性硬化症となり、多くの不自由を持つことになった。だけど、病気になったからこそ関わってくださるこれらすべての方々からの、友情といたわりが心にしみる。そしてそれらはことごとく、神様の愛のかけらなのだと、私は今よくわかる。ほらこんなにも、まぶしいくらいにきらめいている。

物語「愛の糸」

「運命の赤い糸」といういい伝えを聞いたことがあるでしょう？　そう、人はだれでも将来結婚する人と、生まれた時から左手の小指に赤い糸が結ばれているのですって。そうしていつの日かその赤い糸にたぐりよせられるようにして、その人とめぐりあい、愛し合い、結婚することになるのだと。最もふさわしいその人と人生を分かち合い、愛をもって生きぬくために……。

実はこのお話にはまだ続きがあるのですよ。あなたの左手の薬指を見て下さい。心の目でじっと見つめてごらんなさい。白い糸がありますか？　白い糸は無い人の方がずっとずっと多いのです。その糸は、細いけれど、とても強く、しなやかでつややかな、純白の絹の糸。

人生にはいろんなことがありますね。楽しいことも多いけれど、苦しいことや辛いことが沢山あるのはなぜでしょう。苦しいことの一つには、病気や障害がありますね。これらの意味も解りにくく、悲しい思いがするものです。しんどい思いもするものです。この左手の純白の絹糸は、病気という人生を、神さまから受け取ることを引き受けた、勇敢な魂にだけ与えられるものなのだと聞きました。患者のあなたと主治医の左手の薬指は、白い糸でしっかり結ばれているのですね。病気のあなたを支え励まし助けてくれるお医者さん。

長い人生の間にあるさまざまな困難や苦しみは、その人の魂を光り輝くダイヤモンドにみがきあげるため、どうしても必要なものなのです。誰でもダイヤモンドの原石を、魂の中にいだいています。その原石を原石のままで終わらすか、透明な見事な宝石に輝かすかは、その人の生きる姿勢できまります。

それともう一つ、病気や障害にはこんな意味もあるのですよ。世の中の大半の健康な人たちに、命の尊さ、生きていくことの、いいえ生かされていることのすばらしさを身をもって示すことができるのです。他人に対するやさしさと思いやりを、そっとひき出してくれますね。人と人との関わりは、愛することと相手のために役に立つよう力を尽くすことなのですね。だから病気や障害のある人は、家族や社会の心配ごと、悩みの種、お荷物などではないのですよ。存在するそのこと自体に、十分価値があるのです。そのため世の中に必要だから、この任務を神さまから引き受けて、この世に生まれてきた魂に、神さまが特別にくださる純白の絹の糸。それは主治医と患者を結ぶ愛の糸。

そしてもう一つ。左手の薬指に白い糸のあるあなたは、右手の薬指を見て下さい。沢山の水色の糸がそこにあるでしょう？　微妙に色合いの少しずつ違う水色の糸。これは何の糸かわかりますか？　そう、患者と看護婦さんの薬指をつなげてくれる、これもまた、愛の糸。注射をしたり、採血したり、体を拭いたり、熱計ったり。そして何よりいつもそばにいてくれます。話しかけやほほえみも、そして励ましが何より嬉しい患者たち……。神さまはすべての痛みをご存じだから、病気や障害を引き受ける魂に、あらかじめ下さる二色の糸。純白の絹糸と、何本もの水色の糸は、運命の赤い糸とおんなじで、深い深い神の愛の現われです。神の愛の糸なのです。

白い糸と水色の糸の愛につつまれて、ひとり残らずだれもが病気に負けないで、ダイヤモンドの魂をみごとに輝かすことができますように……。

器とハート

私が尊敬している人の一人は、神谷美恵子《かみやみえこ》さん(一九一四〜一九七九)。彼女は精神科医として生涯を送り、広い知識と深い思想を持ち、すぐれた文章力で沢山の著作を残している。『生きがいについて』が代表するように、どの著作にも豊かな人間愛が感じられる。『人間を見つめて』『こころの旅』等、十巻も出ている神谷美恵子著作集(みすず書房刊)は、読む人の心を強くとらえてはなさない。

彼女は並はずれた語学力や理解力、知識を持ち、更に音楽にも造詣《ぞうけい》の深い人物なのだけれど、私が尊敬しているのは、そういう点ではない。

彼女が若い頃、親戚の人に連れられ、ハンセン病療養所にたまたま行くことになった。そこで出会ったハンセン病患者達に感じた、決して同情や憐憫《れんびん》ではない、深い愛につき動かされるようにして、医者として生きて行くことを自ら選びとったところだ。

さまざまな事情によって、初めは畑違いの精神科医となる。でも彼女の初めからの強い望みであったハンセン病者達と、四十歳を過ぎた頃、人間を超える大いなるものの力に導かれるようにして、巡り合うことになる。その頃大阪に住んでいた彼女は、瀬戸内海に浮かぶ小島にある国立療養所長島愛生園に、十年以上も治療に通うことを許された。

当時はハンセン病というだけでも隔離され、大変な差別と偏見のうちにあった。病気による障害の苦痛に加えて、更に精神病や心の病に悩む孤独な彼等の友となる。ハンセン病者達の側に寄りそい、話を聞き理解し、受け止め、励ますことができるのを彼女は心底感謝し喜んだ。

精神科医としての関わりも、上から何かをしてあげるというのではない。患者と同じ高さに立ち、いやそれよりもっと下から仕え奉仕するような姿勢に、私がどんなに心打たれ、尊敬と共鳴を感じたかを言いたい。

彼女は晩年の病床で、自分の生涯を振り返り「私の人生は、ただ神からの恵みを受け取るだけの器でした」と述懐する。

この言葉を読んで、私なら……と考えた。

私の人生は、このように大きな病気を得たのだけれど、神と人から愛され大切にされ、抱きしめられる為にだけ生まれて来たハートなのではないだろうか。こんなにも幸せに、赤くきらめく小さなハートが、ああ、本当に今見えるような気がする。

神の愛から

声が出ないから
　言いたい時に　言いたい事を　言わないことの意義
目が見えないから
　見たい時に　見たいものを　見ないことの意義
歩いてゆけないから
　会いたい時に　会いたい人に　会わないことの意義
手が使えないから

書きたい時に　書きたいことを　書かないことの意義
これら全ての意義を　神の愛から読み取る
これら全ての意義を　神の愛から受け取る

「Deo Gratias」 神に感謝

私は病気で目が見えないのだけれど
　見たいものはちゃんと見えているのかもしれない
声も出なくてお話しできないのだけれど
　言いたいことは全部言えているのかもしれない
足が立たなくて歩いていけないのだけれど
　会いたい人は皆会いにきてくれているのかもしれない
このように体のあちこち不自由があるのだけれど

心はどこまでも自由なのかもしれない
たとえ若いうちに世を去ることがあったとしても
命の長い短いは問題無いのかもしれない
私はいつもこんなふうに思っている　感じている
Deo Gratias　Deo Gratias

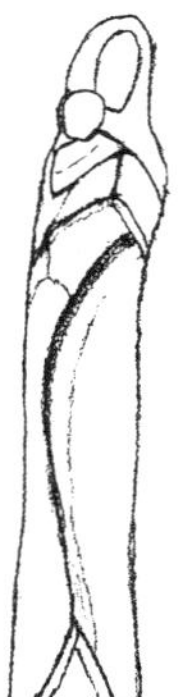

人生という愛

選びとった時間

人にはいろいろ、その人だけが特に大切にしている、思い入れ深い言葉がある。またそれと反対に、耳にするたびなぜか心にひっかかったり、使用することを極力避けている言葉づかいがあったりするものだ。

私の場合、「凛と澄んだ」「透明な」「すがすがしい」「雄々しい」などが前者であり、「世が世なら……」「うらめしい」「めんどくさい」「忙しい」が後者と言える。前者にあげた四つなどは大切に温め、むやみに使わないようにしているくらいだ。後者にあげた四つのうち、特にあとの二つ「めんどくさい」と「忙しい」などは、あまりにも普通に使われている言葉であるから、なぜ？　と思われるかもしれない。これにはこういうわけがある。

今のように、手も足も使えず寝たきりとなって、食事をはじめ何から何まですべて人の手を煩わさなければならなくなってから、この当たり前みたいな誰もが使う二つの語が胸に刺さるようになった。めんどうをかけて悪いなあといつも思っているし、できるだけ頼まずにすませるようにしたい。だから誰かを呼ぶ時も申し訳なく思いながら呼ぶ。夫や子供達の返事に、少しでもめんどくさそうなニュアンスがあると、どうしても傷ついてしまう。「めんどくさい」という言葉や雰囲気をトゲに感じてしまうようになった（とは言っても、たいていは気持ちよく心を尽くして、この手のかかる私と関わってくれている彼らなのだけれど）。

返事といえば、親友宮川佳子さんを私は今まで何度呼んだことだろう。電話をかけてわざわざ来てもらったこともあるし、この家に来て何か用事をしてもらっている時にも、何度も何度も呼びかけた。声の小さな私なので、用事の手を止めすぐ近くまで来て、耳を傾けてもらわなければならない。でも、そのたび彼女は明るく楽し気に「はい」と返事してくれた。まるで、私が呼ぶのを待っていたかのような優しいその「はい」という返事に、おおげさではなく本当に私は生きてゆくことを許されていると感じる。このままの状態でも生きていってよいのだと教えてくれる。明日からもまた生きてゆく勇気を抱かせてくれる返事なのだ。

次は「忙しい」について。「『忙しい』という字は、りっしんべんにほろびると書くから心を滅ぼすということなのです」という説明を聞いている。これもまた、病気になり動けなくなった私には、誰かに会って話をするためには、わざわざこの家のベッドのそばまで来てもらわなければならない。そして、聞き取りにくい声で話す私のモタモタした話を聞いていただく。忙しいだろうに申し訳ないなと、誰に対しても思っている。

目まぐるしい現代社会、大人も子供も誰も彼もが本当に忙しい。だけど誰にとっても一日は二十四時間なのだ。どんなに頑張っても二十五時間にはなってくれない。その限られた二十四時間を、どのように使うかは本人が選びとる。しなければならない務めの何時間かがあり、どうしてもやりたい楽しみなことがあり、生きていくために欠かせない睡眠や食事などの時間もある。

その忙しさを乗り越えて、私と過ごしたいと思ってくださる方の思いが心にしみる。一日二十四時間、一週間七日の中に、一カ月三十一日、一年三百六十五日の中に、私と過ごす二〜三時間を贈ってくださる方々の愛を、こんなにもこんなにも喜ぶ今の私なのである。

そして私自身も、一日二十四時間の中に何をして過ごすかを、心を込めて選びとってゆく者でありたいと思っている。

ほほえみ

大宇宙も、地球も、自然も人間も、すべての存在の原点は、神の愛なのだと聞いている。そしてその事を私は深く信じている。だけどそれにしてはこの世の中、あまりにも愛の不在ばかりを感じてしまうのはなぜだろう。右を見ても左を見ても、今を見ても昔を見ても、近くを見ても遠くを見ても……。

たとえばアフガニスタンで使われた対人地雷。「この対人地雷は、これにふれた人間が、死ぬ事ではなく、ひどく傷つく事を目的として作られたものなのです」と、淡々と語るアナウンサーの声を聞いて、私は思わず背筋がゾッとした。しかも、子供が喜んで近づいていくように、おもちゃやお菓子の形をしたものもあると言う。もっと身近でも、エイズや、昨年猛威をふるったO-157などの患者に対しては、差別や偏見だけでなく、いじめさえも横行していると言われている。

もっともっと身近な愛の不在は、「もういや！」と「大嫌い！」かもしれない。「もういや！」は自分の置かれた情況に対する拒否、なぜ私がこんな目に遭わなければならないの？　という拒絶。後者は、感情的に相容れない相手への拒否。これら愛の不在に、突破口はないのだろうかと、私は何日も考えた。

愛の不在の突破口、それはほほえみではないだろうか。ほほえみは、誰もが知っている通り、愛の自然なあらわれであり、幸せの表情だと言える。心から愛する人に会うと、誰でも自然にほほえんでいる。喜びのあらわれであるほほえみ。

感情的にはほほえみにくい状態の「もういや！」「大嫌い！」の時に、努力してほほえんでみよう。初めは少しぎこちないほほえみではあっても、ほほえむことにより愛を作りだしてゆくことができるかもしれない。ほほえみながら運命をのろったり、ほほえみながら人の悪口を言うことは出来ないから。

愛する人に示すようなほほえみを浮かべながら、対人地雷をすえ置くことは誰にも出来ない筈だから。

「愛の不在の突破口はほほえみ」。私は今ほんとうにそう思っている。

バラの花に思う

美しいものと言えば、まず大抵の人は、「花」を思うのではないだろうか。

この地上に咲く何万、何十万もの種類の花々を見て、感じること読みとれることは余りにも多くまた深淵で、そういう意味でも人間と花は、切っても切れない縁があるようだ。

子どもの頃、家に掛けてあった一枚の短冊に、

「天に星　地に花　人に愛」

と書いてあったのを覚えている。

何度も読みながらそのたびに私は、

「この言葉を言った人は、最も美しいものを書こうとしたのだろうか。それとも一番大切な尊いものを言いたかったのだろうか」

と、いつも思って見ていた。

この言葉の左下には、「實篤」（武者小路実篤）という署名と、一輪の赤いバラの挿絵があった。

バラの花については、実は私には、深い思いがある。花の代名詞とも言えるバラは、余りにも見事な美しさや、えも言われぬ香《かぐわ》しい香りのため、誰もがあこがれ、多くの人から好かれているが、その割にはけっこう悪口も言われるようだ。

「バラは自分が美しいことを鼻にかけて、お高くとまっている。とげをつけてまで自分の身を守ろうとしている。まわりの誰もが自分に見とれているとうぬぼれている」

などなど。

ところがある時、私はこんな言葉に出会った。

「バラの花に〈何故！〉はない。ただ咲くばかり。自分の姿を気にかけず、他人《ひと》が見るかと問いはしない」

これはマイスター・エックハルトというカトリック司祭の言葉である。この言葉が深く心に響き、こんな風に生きていきたいものだと強く思った。

バラは自分を美しく見せようと思って咲いているのではない。

ただ全《すべ》てをゆだね、無心に咲いているからこそ、その姿が美しいのではないだろうか。

私はいつも他人の評価を気にしたり振りまわされて、くよくよと落ちこんでしまう。そんな自分を乗り越えたい。もっとずっと広く大きな、この身と生命を創造された神を見つめ、自分の魂に正直に誠実な生き方をしたいと心から願う。

そう、この地上のバラの花たちが、〈何故！〉と問わず、すべて信じ受け入れ、ただその生命を咲き切っているように……。

話すことも聞くことも、それは愛

このごろ私がしゃべりにくくなったから、よけいそう思うのかもしれないけれど、世の中の人みんなは、特にこの私は、毎日一体何をしゃべっているのだろう。話すということは、もちろん相手があって、その相手に何か自分の胸のうちを伝えたくてしゃべるのである。今こうしてほとんど声にはならず、相手に一生懸命読み取ってもらわなければならない状態だというのに、私のしゃべることは、それに値するものが幾つあるのだろうと思い返してみた。人々への批判や悪口、それから自慢話などはしないように心がけている。それでも、意味のないうわさ話だったり、ユーモアというよりもつまらない冗談ばかりだったような気がする。

いろんな人と話をするけれど、しゃべることが得意な人と聞くことの上手な人がいる。しゃべることの得意な人といっても、それはただ自分の言いたいことを、相手の反応も見ずに、また相手が質問などの言葉を差しはさむ余地もないくらい、しゃべり続けることを言うのではないと思う。はにかみながらとつとつと、言葉を選びつつ話してくれる素朴な友達がいる。彼女は「私は話し下手だから……」と言うけれど、決してそうではない。素敵な話し上手だと私はいつも思っている。

それから聞くことについて。心を込めて話しているのに、最後まで聞かないうちに、「そんな考え方はだめよ」とか「私もそれと同じことがあって、こうして解決したから、あなたも絶対そうしなさい」というように、断定されてしまった覚えが誰にでもあるだろう。こんなふうに言われては、気の弱い私など（？）何も言えなくなってしまう。これでは、人と人との対等な対話にはなっていないのではないだろうか。

これから私も人の話を聞く時には、充分気をつけて、相手を敬う気持ちを持って、その言おうとされていることを大切に受けとめていきたい。そして何より願うことは、私の話すことが誰のことも決して傷つけることがないようにということ。聞いてくださるその人を、例えば励まし、元気づけ、例えば明るい希望を感じてもらえるなら、その時初めて話す意味が生まれるのだと思う。そして私の生きている意味も、その時初めて生まれてくるのではないだろうか。なぜなら人間の存在理由・目的・原点は愛であるから、だからこそ愛を話し、愛を聞く人に私はなりたいと心から思っている。

やさしい人になりたい

両親を交通事故でなくしたもぐらのきょうだいのお話『もぐ子とお兄ちゃん』『もぐ子とお兄ちゃんの四季』を書くことができた。その中にはさんだ読者カードに、幼稚園児や小学生から、たくさんのかわいい感想文が届いている。「このお兄ちゃんみたいに、やさしい人になりたいです。僕はよく妹とけんかをします。これからはもっと一緒に遊ぼうと思いました」というような内容が多い。そしてご両親の一言も添えてある。「毎晩、寝る前に、子供達は何冊もある本の中から必ずこれを選んで、繰り返し読んでもらいたがります。読み終わったあとは、親のほうもやさしい気持ちになれる本ですね」。中学・高校・大学生や社会人の方からも、まじめな感想と励ましの言葉をたくさんいただいている。もったいないようなこんな言葉をいただき、その手紙のただ一人のためだけにでも、この童話を書くことができてよかったと毎回思う。

最近二人の女性から、お便りをいただいた。偶然にも二人とも高校生の娘さんがあり、しかも同じようにどういうわけかこの一～二年、引きこもりや不登校、家庭内暴力に陥っていたそうだ。そのため親も子も、暗くすさんだ毎日を過ごしていた。その母親に、知り合いの誰かからこの二冊の童話が届き、娘さんがふと手にとり一気に読んだらしい。その一人は読んだ後こう言った。

「やさしくなりたい。お母さん、私も今からやさしい人になれるかな」

久しぶりに耳にした娘さんの穏やかな声。そして「あんた」ではなく、「お母さん」という懐かしい呼びかけに、思わず母は涙がはらはらこぼれた、と書いてあった。『もぐ子とお兄ちゃん』の中の何かがすさんだ気持ちを癒《いや》してくれたのなら、こんなにうれしいことはない。

私は、小さな子供達のやさしい感想文や、今の二人の女性の手紙などを受け取ると、いつも襟《えり》をただす気持ちになる。もぐ子とお兄ちゃんのように、私自身はやさしい生き方をしているのだろうか。この物語を書いた私のほうこそ、読者に励まされ支えられながら、やさしくなりたい、やさしい人に私もなりたいと心から思っている。

感謝もせずに

人から聞いた言葉とか、読んだ本の中に、何か一つピンと響くことがある。心の〈琴線に触れる〉と形容することもあるし、胸の中の空いていた穴に、ストンとその言葉が収まり、すごく納得できるとか。また、何日も心の中で温めたり、頭の中でグルグル巡らし、あれこれと何日も考えることがある。たとえば一年くらい前に読んだ本『それでも人生にイエスと言う』（春秋社刊）は、E・V・フランクルという精神科医が著者で、その中で言われていた次の一言に私はこう思った。「良い医者は、必ず良い人間でもありますから……」（90頁）を読んで、私はすぐ今の二人の自分の主治医、上田祥博先生と安井浩明先生を思った。そして良い人間だと信じられる主治医を与えられていることに、深く感謝したのだった。

それとももう一つ、書名は忘れたけれど、何かキリスト教関係の本を読んでいて、この言葉が胸にドスンと迫ってきた。「感謝もせずに浪費して……」。この言葉は、本の中では、神から与えられているたくさんの食料や生きていくための糧、自然環境の破壊などを言っていた。単純に経済的にのみ見ても、子供の頃は父親に、そして今は夫に支えられて生きている私なのだ。「感謝もせずに浪費して……」に、思わずウッとつまった。

だけどこの言葉は、もっと広い意味を持っているように思う。たとえばまわりの人、与えられている家族や友達を、充分感謝し受け入れているだろうか。ここにもまた、「感謝せずに浪費して」いる自分がいた。

さらにこうも言える。自分の置かれている状況。今の私なら、病気をし、それによっていくつかの身体のハンディを持つことになったのだけれど、せっかくそういう状況を得たことを、充分理解し、その中でしか受け取れないものを受け取っているだろうか。

「浪費」の反対語は、「大切にていねいに受け取る」ことだと思う。だから今、私は与えられた一日一日を、出会い関わる一人一人を、語る一言一言を、浪費することなく大切にていねいに受け取ってゆきたいと、心からそう思うこの頃なのである。

『星の王子さま』と私

もし一冊だけ、特に心に温めている愛読書をあげるように言われたら、私は迷わずサン・テグジュペリ著『星の王子さま』をあげたい。中学一年の頃から大好きな本だったけれど、その頃はただ王子さまの様子をかわいく思い、真理を求める真剣な生き方に心ひかれていたくらいだった。大人になってからは、星に残してきたバラの花への愛、地球で出会ったキツネとの会話、それからやはり何より主人公の飛行士との言葉のやりとりなどに含まれるあまりにも深い、ドキッとするほどの言葉が私をとらえた。何度も読むうちに、キラキラした宝石をいくつも見出した。

たとえば王子さまは、地球で出会ったキツネからこんな秘密を教えてもらう。それは、「大切な物は目に見えない。心で見なければ大切な物は決して見出せない」というものだった。だから自分の星に残してきたバラが、地球には一つの庭に五千本もはえているただのありふれたバラの花にすぎないと知ってなげく王子さまに、本当は、自分が心をくだき、守り愛した唯一の、かけがえのない花であることに気づかせてくれた。

それからもう一つ、最近読み直して印象に残ったのは、王子さまがサハラ砂漠に降りたって、地球で最初に出会った一匹の毒ヘビと交わした会話である。人間に会いたくて地球に降りたったけれど、そこは砂漠なので人はいない。「砂漠って少し寂しいね」と言う王子さまにヘビはこう言った。「人間達の所に行ったたってやっぱり寂しいさ」。

王子さまが言った「砂漠の寂しさ」は、友がいないとか家族に恵まれないとかの物理的な寂しさと言えるかもしれない。だけどヘビの言った「人間達の所へ行っても消えない寂しさ」は、精神的寂しさと言える。友だと信じている人と一緒にいるのに、また一番身近な人であるはずの配偶者と一緒にいるのに、押し寄せてくるたまらないほどの寂しさ、孤独感は、誰もが経験しているものだと思う。一生懸命話しているのに、相手の心に届いていないと感じたり、見つめ合っていても、相手の瞳には自分の知らない世界が映っていると気づく時、人は独りっきりでいる時より、かえってずっと深い寂しさを感じるものだろう。

でも、だからこそ人と人との友情を信じたい。決してあきらめることなくこの精神的な寂しさを乗り越え、あまりある愛を私は信じたい。星の王子さまが、一度はあきらめて星に残してきたバラの花との愛を、今一度取り戻すためにひとり地球を後にした、あの時のように。私も時おり感じる夫との間にある寂しさや、子供達との間に感じる気持ちの食い違いに、心閉ざすことなく、近づく一歩を踏み出したい。

黄金の言葉

人間の人格形成に関しては、さまざまなことが言われている。だけど、どれにも共通しているのは、大人になってからの対人関係や体験・経験によるよりも、幼い子供の頃の親との関わりのほうが、ずっと強く影響を与えるということである。最近では、それも生まれてすぐの新生児の頃の関わりや、いやそれよりもっと、胎内にいる時の母親とのコミュニケーションが大事なのだと言う。

そして、何か子供が事件を起こしたり、心の病になると、世間はすぐ「親に問題あり」と言う。父親が仕事にかまけて、子供と関わっていなかったのではないか。もっと父親らしく、頼もしい存在であるべきだったと。母親がよくない。もっと母親らしく、きめ細やかに子供と向き合い、話しかけたり話を聞いてあげたりするべきだったのだと（もちろんそれは本当のことで、私も反省を込めて充分気をつけてゆきたいと思っている）。

　私も二人目の子供を産んですぐ大きな病気をし、入退院を繰り返していた。退院して自宅にいる時も、寝たきりになった今も、何一つ子供の世話ができない状態でいる。だから母親として、もっと子供と向き合う時間を持たなければとか、どのような関わりをしてゆけば、私なりの母親たりうるか……など、よく考えていた。そしてこれは父親と子供の関わり、母親と子どもの関わりという縦のつながりばかりを思っていたことになる。

　つい最近「子育て講演会」というテープを聞いた。そのなかでプロテスタントの牧師である講演者パトリック・マケリゴット師は、自分の第一子が生まれる少し前、まもなく生まれてくる子供を幸せに育てるためには、自分がどんな父親でなければならないのかと、たくさんの育児書を読みあさった。すると、こうしなければ子供の心を傷つけるとか、こんなふうに接したら子供がいじけるとかひがむとか、それこそたくさんたくさん書かれていた。それらを読んで、彼はすっかり自信を失った。こんなにたくさんのことに気をつけて子供を育ててゆかなければ、子供がまっすぐ幸せには育たないなんて……。自分はとても良い父親にはなれそうもないと絶望しかけた時、彼は一つの黄金の言葉を見つけ、思わず喜びの声をあげた。「これだ！　このことさえちゃんと守れば、子供は必ず幸せになる。まっすぐ育つのだ」。

その黄金の言葉は、"The greatest thing a man can do for his children is to love their mother."これは「自分の子供への最大の祝福・益をもたらすことは、子供の母親を愛することである」という意味。

父親がいくら立派に社会人としての務めを果たし、子供に父親らしく、頼もしく関わっていたとしても、また母親がいくら母親らしく優しくきめ細やかに子供と関わっていたとしても、父と母が愛し合っていなければ子供に良い教育ができるわけがない。子供は人間関係の原点を父と母の関わりの中に最初に学びとってゆくのだから、そこに愛がなければ、いたわりと思いやりを教えることはできない。

夫と妻が尊敬し合い、励まし合い、感謝し合い、許し合う。これが夫婦が愛し合うということなのだと彼は言う。あわてて夫婦がとりつくろい、仲良いことを演じて見せても、子供にはごまかしはきかない。愛は自然発生的な恋や好きやあこがれとは違う。「この人を愛します」と結婚したその時から、しっかりした意志を持ち、努力してゆく決意なのだと思う。

父と子、母と子という縦のつながりの前に、横の関係である夫と妻の関わり。このかけがえのない人間関係の原点を、愛をもって育んでゆくことが、何より大切な次の世を形成する人格への祝福なのだと、よくわかる素晴らしい講演だったと思う。

愛のコーティング

この世に生きてゆくうちには、心を打たれ感動するようなことや、感謝と喜びに思わず涙ぐんでしまうような瞬間がある。これらが宝石みたいにきらめいて、何気なく過ぎゆく毎日の美しいアクセントになっている。

だけどその他のほとんどの日々は、平凡なことの繰り返しで、務め・義務などが続いている。そしてさらにその中には、悲しいことやつらいことがこんなにもたくさんあるのはなぜだろう。

まず第一は人間関係。人からの無理解や誤解、厳しい批判や時には裏切られたと感じることもあるだろう。二つ目は出来事。愛する人との別れや、命にかかわるような大病を得たり、いろんな意味での社会的な失敗や挫折、経済的困窮など。

これらはことごとくその当人の心を傷つける。鋭いナイフがつき刺さり、血がいっぱい出て、こんなにもこんなにも痛い。それでも「日にち薬」という言葉があるように、あんなに深かった傷も、いつしか癒《いや》されるけれど、時おり吹く冷たい北風に、忘れたはずの古傷がしみてうずくこともあるかもしれない。このように人間の心はこわれもののように傷つきやすく、感じやすく、でもだからこそ他人の心を傷つけないよう精一杯の思いやりをもって、かばい合って暮していけたらいいのだけれど……。

人間は霊的な存在だといわれている。霊、霊魂、魂って何？　目には見えず、手にも触れることのできないこの大いなるものは、他の目に見える何ものよりも貴重だということだけはよくわかる。人間が肉体を死ぬことによって失っても、なお残る魂。

心が傷つき痛んでも、からだが病に倒れても、魂だけは決して損なわれることがないように、神様の愛でコーティングされているのではないかなと、私はいつも感じている。心をこめて生きていてもうまくゆかないことがたくさんある。充分気をつけて過ごしていても、知らぬ間に病気になっていることもある。それでもそういうことに負けないで、落ち込んでも倒れても立ち上がろう。何度でも何度でも立ち上がろう。いろんなことがあってもどんなことがあっても、魂だけは損なわれないことを信じて。神様の愛に厚くコーティングされていることを信じて。永遠の存在そのもの、宇宙の

大霊なる神様に、私のこの魂が帰りゆくことを信じて、今日も明日も生きて行こうと
思っている。

手をつないだらいい

「ねえ　しんどい時はどうしたらいい？」
　ふと問いかける私に　彼は答えてくれた
「あんなぁ　しんどい時は手をつないだらいい」
　そしてそばにきて　そっと手をつないでくれた

知的障害者と呼ばれている彼らには
生きて行くための一番大切な
　深い真理が見えているのかもしれない
人間にとって一番大切な
　深い真実が見えているにちがいない

悲しい時は　どうしたらいい？
　かなしい時は手をつないだらいい
淋しい時は　どうしたらいい？
　さびしい時は手をつないだらいい
辛い時は　どうしたらいい？
　つらい時は手をつないだらいい
苦しい時は　どうしたらいい？
　くるしい時は手をつないだらいい
泣きたい時は　どうしたらいい？
　なきたい時は手をつないだらいい
そんな時は手をつないだらいい
そんな時は手をつないだらいい……

小さくされた人々

私がキリストと新たに出会った日
―小さくされた人々の存在―

人はだれでも、長い人生の間に実に様々なことを経験する。うれしい出来事や悲嘆の涙にくれるような出来事もある。

更に色々な人との出会い、関わりがあり、沢山の書物を手にすることになる。そしてこれらの中から数えきれないくらいの貴重な気付きが多々ある。

私は幼児洗礼で、このお恵みによって幼い頃から神の存在を知ることが出来た。学校の宗教の授業や、教会学校やミサの中で、神、キリストの思いを何度も聞かせてもらった。それがさらに、いろんな体験、経験を通して深められ、時に新たな気付きが許される。

大きな波風もなく、比較的おだやかなさざ波のような三十年間の後、私は突然難病となった。ひたすら活動的な日々、健康そのものの生き方は一変せざるを得なくなった。しかもただ病気になっただけでなく、この難病によって、視力を失い、手足の機能を失い、体中の感覚のほとんどを失い、いわゆる障害者となった。さらに呼吸も弱くなり、まだこの先どこまで悪くなってゆくのか分からない。あとどのくらい生きてゆけるだろう。どのように暮らしていけるのだろう。

こうして現実だけを書き並べてゆけば、あまりにも悲惨な状態だと思うかもしれない。それでもこんなにも弱い私に耐えることができるよう、神様があらかじめ、信仰のお恵みを下さっていたのだとよく分かる。主の愛を全ての出来事の中から読みとれば、人は生きてゆける。どんな状態の中にあっても、立ち上がることができる。

そのようにして病気の生活が数年過ぎたある日、外出先から帰ってきた夫が、こんなことを言った。「今日、一人の神父様の講話を聞いてきた。フランシスコ会の本田哲郎神父様、大阪の釜ケ崎におられるらしい」。それから更に夫は、いつになく熱っぽい調子で話した。「小さくされた人々の存在。その深い意味を話された。こういう人達と共に神様はおられたのに、知らん顔していた。日雇《やと》い労働者や住む場所も働く場所もない人達の痛みにも無関心で、何の関わりも持たずに信者のつもりでいた。今まで少しは聖書も読んでいたし、分かっているつもりだった。でも全然違っていた。

焦点がまるっきりずれていたんだなあ。この神父様の言われた、本当の福音に立ち帰るか、キリストを捨てるか、どっちか一つしかないと思う」。

私は心底驚いた。この夫が「キリストを捨てるか」と言うなんて、本当に心臓が止まりそうだった。夫が今日聞いてきたこのことは真理なのだと、私もはっきり分かった。だから、どういうことを話されたのか、私は知りたく思った。すぐにでも、どうしても知りたかった。でも自宅のベッドに横たわっているだけの今の私には、釜ケ崎にその神父様を訪ねて行くことも許されない。真理を知りたいのに、そこには本物のキリストがいらっしゃるのだと分かったのに……。祈りながらその機会を待った。

その後、不思議な感じに導かれるようにして、本田神父様の書かれた著書『小さくされた者の側に立つ神』『続小さくされた者の側に立つ神』（新世社刊）『イザヤ書を読む』（筑摩書房刊）にめぐりあった。そして私はこれらの朗読テープを、何回も何回も聞いた。涙を流しながら、心をふるわせながら聞いた。

この日が私にとって、本当のキリストに出会った日だと思う。私の今の病気、体の不自由さは、主が共にいて下さる「小さくされた人」になっていたことをはじめて知る。こんなにも愛に充ちた呼びかけを耳にして、私の今の状態が、こよなく尊いお恵みだと気付くことが出来た。私は、この新たにキリストに出会った日を決して忘れることはないだろう。生涯忘れることはないだろう。感謝のうちに……。

ボーダーラインを越えた時

生まれた子供は、健康で五体満足でなければ絶望だ
他《た》の人に　おしもの世話をかけるようにだけはなりたくない
寝たきりで　周りの人に迷惑をかけるばかりでは　生きていたくない
見たり食べたりする楽しみがない状態では　生きていてもむなしい
家族の顔さえ識別できないほどボケては　生きている値うちがあるのか
古代から　恐れられ続けたハンセン病にだけはなりたくない
薬物依存症・アルコール中毒になるようでは悲惨だ
社会から　悪人だ罪人だと後ろ指差されるようでは最悪だ
ごみ箱から食べ物を探し出して生きる　乞食《こじき》になっては最低だ
雨露をしのぐ場もない路上生活者まで落ちたくない

人はあちこちに　ボーダーラインをひきたがる
ボーダーラインを越えた時　何かが少し見えてくる
思いあがりうる美点を　みんな失った今
虚飾の全てをことごとく　剝《は》ぎ取られてしまった今
ボーダーラインを越えた時　人は何かが少し分かるのかも知れない
人間が何であるのかということと　そして
神と　神の愛が何であるのかということを
なぜならキリストご自身が　ボーダーラインを越えたところに
低く低く底辺に　生まれ生き亡くなられたから……

＊ボーダーラインとは、境界線のこと。

難病という名の小さくされた人々

今から十年くらい前、多発性硬化症発病後一年目で、私は宇多野病院に入院していた。国立療養所宇多野病院は、戦前は肺結核患者の専門病院だったという。結核の激減した現在、結核患者は六病棟の二階のみで、一～五病棟全て難病を対象としている。一病棟は進行性筋ジストロフィーの病棟で、たくさんの子供達がいた。二病棟はてんかん、三～五が、リュウマチ、パーキンソン、膠原病等々さまざまな病名の患者が入院している。私は五病棟の三階でそのフロアーには、多発性硬化症患者は私を含めて三人で、あと他の階に一人とか二人とかいる。三病棟には多発性硬化症の友達が当時五人いて、しかもとても開放的な雰囲気だったので、よく遊びに行った。ある日そこで、何度か言葉を交わしたことのある男性の、お別れ会をすることになったと聞いた。その人は多発性硬化症ではないらしい。多発性硬化症の友達五人と、他の病気の人も何人かいて、近くの中華料理屋さんからギョーザをとって、お別れパーティーするからと私も誘われた。

会が始まってしばらくした時、中心となっていた多発性硬化症の友達が、私にこう言った。「彼は退院して田舎の自宅で暮らすんだ。まもなく確実に死ぬしかないから、それまでの日々を家族と過ごしたくて……」。この言葉を聞きながら、その当人はいつも通りの穏やかな表情で、不自由な手に、ギョウザを突き刺したフォークをゴムでくくってもらい、かぶりついている。私はとても腹が立ち、「そんな、絶対死ぬ病気なんてないよ。どんな病気でも、絶対こうなるなんて人間に言えるわけないでしょう?」と言った。こんな私の言葉にも、彼は何も言わず、相変わらず優しいまなざしで、車椅子の上から私を見つめてくれた。

彼がその後どうなったか私は知らない。いろいろな難病の事情を少し知るようになった今、彼の病名は何だったか分かる。さまざまな難病の現実の中にあり、それを受け入れその中に生きていく彼らを思う時、同じ難病の中に自分があることを、とても意義深く思う。そういう友のたくさんたくさんいた宇多野病院であり、その出会いの一つ一つを抱きしめたい私なのである。誰一人難病に押し潰されることなく、難病になった自分を受け入れ、丸ごと愛し、希望を持って立ち上がり、雄々しく生きていって欲しい。そして私もそのように生きていきたいと思っている。

私の悲しみ

私は昔から、あることについていつも少しの悲しみを感じていた。両親を見ても、夫やきょうだい、友達を見ても、また、学校でたくさんの教科を教えてくださった先生方など、誰を見ても彼を見てもみんな私よりずっと頭が良いし、生き方も立派にみえる。また、知識が深いだけでなく、楽器の演奏や声楽、絵画やデザイン・手芸など、どれ一つとってみても、私は○○さんよりこれは優れていると言えるものは一つもない。だから私は、いつもみんなをすごいなあと心から感心しながら、少しの悲しみを胸に感じていた。

この悲しみの根拠は、神様がパーフェクトな英知そのものであるから、優れた知識や芸術をわがものとしている人は、それらを持たず低く底辺に生きているような私と比べたら、十歩も百歩も一万歩も、神様の近くに生きていることになると思っていたから。

たとえば、ここに素晴らしく歌の上手な人がいる。美しい声とみごとな歌い方は、人間を通り越して天使のよう。普通にしか歌えない（今は普通にさえ歌えないのだけれど）私と比べて、少なくとも歌声に関しては、彼女は私よりずっと天使に近いのだし、それはすなわち神様にも近いといえるだろう。そんなふうに感じての「私の悲しみ」だった。

それである日、夫にこう聞いてみた。

「数学でも物理でも、私にはチンプンカンプン。それに常識もないし、こんな私は、最高の完全な英知である神様からあまりにもかけ離れているね。優れた学者は少なくとも私よりは神様の近くにいるの？」

すると夫はこう言った。

「それは違うんじゃないかなあ。神様の知恵に比べたら、人間の知識のあるなしは問題にならない。それより自分に高い知恵があると思うことで、傲慢《ごうまん》になって神様からずっと離れてしまう危険性があるよ。心の清い人が誰より神様に近いんだと思う」

これを聞いて私は、何となく理解できたと思うけれど、その時はまだ充分実感するまでには至っていなかった。

私が結婚して四年目で受け取った病気は、失明や運動障害、知覚障害などさまざまな身体のハンディをもたらすものだった。その治療や入院を通して、心身や知能のハンディを持つ多くの人と知り合うことができた。そして彼らについて書かれたものや、彼ら自身が書いたものを読む機会も与えられた。そこには彼らの厳しくつらい現実と、それを乗り越えた時の、清々《すがすが》しい感動と喜びが書かれていた。これらを通して私は、健康な時は知ることのできなかったこの上ない貴重なたまものに触れたような気がする。夫があの時言っていた心の清い人がここにいた。確かに彼らのそばに神様がおられるのを感じた。そんな人達の仲間入りができて、今私は涙が出るぐらいありがたく思い、毎日毎日を過ごしている。私の「少しの悲しみ」は、こうして大きな喜びに変わっていった。心からなる感謝を込めて……。

幸せ運ぶ者

つい最近読んだ本に、曾野綾子著の『ブリューゲルの家族』（光文社刊）というのがあり、ずっと心に残っている。この本は、一人の主婦が自分の家族について、ブリューゲルの画集に沿って振り返り、その思いを作家曾野綾子へ、匿名の手紙として書き送っている形をとった小説。

秀才で高学歴、自信あふれる夫にとっては、地味で平凡な妻と、特に知的障害で生まれてきた一人息子円《まどか》の存在は、おもしろくないどころか、折りにふれて憎くってたまらない様子である。父親はいつも妻子に、「お前達は養われているだけでもありがたいと思えばいいんだ」と吐きすてるように言う。悲しい思いをかみしめて口を閉ざす母親の悲しみだけはわかるらしい。そんな時、二十四歳になる円はいつもすっと立って行き、窓ガラスを開ける。ある時母がその理由を尋ねると、「嫌いな言葉は出て行くだろう」と優しい口調で言う。それから両手をすくうように合わせて外に出し、陽だまりのぬくもりを手に集め、それを部屋にいる母親に投げてよこし、「お母さん、あったかい？」と言った。陽だまりのぬくもり、幸せが、大好きな母親に届くようにと。

主人公の母親も、初めは生まれた子供が知的障害であることを知って驚くが、純真無垢にすべてを信じ、母に頼るその子を、心からいとおしく思う。自分も含めて世間一般の人間は、成長とともに、純粋さや優しさ、他の人への気づかいや人の幸せのために尽くそうとする気持ちを忘れてゆく。それをいつまでも失わない円達は、まわりの人達へ幸せを運ぶ者だと彼女は思う。

中でも特に朗らかで善良な性質であるダウン症児を、「天使の子」と呼ぶのだと聞いている。私が以前所属していた衣笠カトリック教会に、ダウン症の女の子がいた。誰にでもニコニコ気持ちよく話しかけるその子のまわりは、いつも春のようだった。ある時から私は車椅子を使うようになった。ミサが終わり、車椅子に乗った私を、夫が抱きかかえ車に乗せようとすると、その子はいつもまっ先に飛んできて手伝ってくれた。「気をつけて帰ってな。バイバイ」といつまでもいつまでも手を振ってくれた。

ダウン症の人達やその他知的障害と表現されている彼らは、その彼らを家族の一員として持つ人や、友達・仕事仲間・学校仲間であるすべての人に、「幸せ運ぶ者」であることを私は心から信じている。なぜなら彼らは天使なのだから……。

小さく優しいあなた

私は生き物が大好きなのだけれど、特にその中でも大きなもの、巨大なものに感動を覚えずにはいられない。体長三十メートルにもなるシロナガスクジラ、最大のエイであるマンタ（和名・鬼糸巻《おにいとまき》エイ）は、体長六メートルというが、未確認のものなら十八メートルという報告もある。

彼等が自由に大海原を泳ぐ様子は、想像するだけでも胸が躍るではないか。それに最も大きいと言われている恐竜、ティラノザウルスやマンモスが、この地上を我がもの顔にのし歩いていたあの頃。これら壮大なものを目にする度、思い描く度、真に大いなる創造主の偉大な力、深い英知に感動し思いをはせることとなる。

ところがこれと対照的な小さなものにもまた、私は心を強くひかれている。例えば小さなものと言って、まず思い浮かぶのは蟻《あり》。あくせく働きすぎるとも言われるが、自分の体の何十倍もの大きな獲物を仲間と力を合わせて引いてきて、自分たちの身を維持し、卵を守り命をつなげる。たとえ人間に穴をふさがれても壊されても、決して蟻はあきらめず、捨て鉢にもならずに、何度でもくり返し巣をたて直して生きぬいて行く。

同じように小さな昆虫、源氏蛍は、わずか一週間の命の日々に、愛する者への呼びかけに我が身を光と化して愛に燃え、百もの卵を一つずつていねいに力の限り地面に生みつけて、そして命を閉じる。彼等の小さな体にもかかわらず精一杯生きぬく姿を見ると、私でもまだやってゆける、これからでもやり直せるはずだと、いつも勇気がわいてくる。

先日、京都駅近くにある特別養護老人ホーム「のぞみの園」で働くシスターから、こんな話を聞いた。腹話術を得意とするシスター野村が、ある日慰問に来られて、お年寄りの皆に腹話術で話しかけられた。そのお人形は、もんちゃんという名前の小さな男の子。普段心を閉ざしていて誰の話しかけにも反応しようとしない人も、頑固で気むずかしい人達も、皆、目をキラキラ輝かせ、ほほえみながらもんちゃんの呼びかけに返事するという。人間がいくらていねいに接しても心閉ざしていた人達が、どうしてお人形のもんちゃんには心を開いたのだろう。

これを見ると、もしかしたら小さいということは、やさしいことなのかもしれないと思う。大きなもの立派で美しいものは確かにすばらしく、見るものに畏敬の念を抱かせる。だけど心がすさんでいる時、弱っている時には、ただ圧倒され威圧感を覚えてしまうかもしれない。これに対して小さなものは、見る者に不安を抱かせず安心してそばに近づける。

イエス・キリストが、幼子の姿で貧しい馬小屋にお生まれになったその深い意味が、今ここに少しわかったような気がする。小さいことは、やさしいことなのだと……。

今私がこのように病気になって、体のあちこちに不自由があるということは、人間として小さいと言えるのかもしれない。そんな小さな私に、心に傷を持つ人達が、もし安心して近づいて話を交わして下さるなら、こんなに嬉しいことはないと思っている。

白い黒熊

カナダの太平洋側にプリンセスロイヤル島という無人の島がある。この島の王様は、何といっても体重が二百キログラムを越すものもあるアメリカ黒熊だろう。でもなぜか、この熊は不思議な事に、真っ黒な毛におおわれた熊の中に、必ず十頭に一頭の割りで、真っ白な熊が生まれている。しかもそれは、色素の足りない突然変異ではなく、もっと積極的な、白という遺伝子をもった白い熊なのだ。

この事を先住民族たちはこう考えた。その昔、この地球に氷と雪に深く閉ざされた大氷河期があった事。そしてそれを乗り越えて今生きていることを忘れないでいるようにと、神様がくださった聖なるしるし、贈り物なのではないかと考えたのだ。だから彼らはこの白い黒熊を神聖なものとして大切にし、決して狩の対象にはしなかったという。

人間の世界を見てみると、赤ちゃんはたいてい十月十日《とつきとおか》過ごした母親の胎内から、五体満足に健康に生まれてくる。でも時には、体や知能の不自由な赤ちゃんや病弱な赤ちゃんが生まれてくることがある。それは、あまりにもかわいそうではないか、不公平ではないか、どういう意味があるのかと思ってしまう。だけど、この白い黒熊の存在を知った時、私はこの意味がよく分かったような気がした。これらの弱く小さな赤ちゃんも、健康な周りの人たちが助ければ充分、しかも幸せに生きていくことができる。だから本来人間というものは、人のやさしさやいたわり、思いやりや励まし、つまり愛がなければ、生きては行けない存在なのだと、彼らは思い出させてくれる。

さらに、健常者だけで過ごしていては、見落としてしまうかもしれない、深く豊かな人間性をかもしだしてくれる。だから、彼らの存在は、人間が連帯の中にあり、人と人とのつながりが何よりも大切であるということ。そしてそのつながりは、愛そのものである事を、忘れないようにと、神様がくださった聖なるしるし、贈り物なのではないだろうか。

白い黒熊と同じように、純白に光り輝く弱く小さな彼らもまた、感謝と喜びのうちに、与えられた生命を、神と周りの人からの愛に包まれて、雄々しく全うすることができますように……。

アーメン

小さくされた人々

一　弱くて貧しい　小さくされた人々を
主は選び　宝の民・正義の樫《かし》の木と呼ばれた
「恐れるな　わたしはあなたと共にいる」
この言葉が心にしみる
彼らの上に降りそそぐ　主の祝福を聞いている

二　病気で苦しむ　小さくされた人々を
主は選び　宝の民・正義の樫の木と呼ばれた
「恐れるな　わたしはあなたと共にいる」
この言葉が心にしみる

彼らの内に現われる　主の御力《みちから》を信じてる

三

孤独でさみしい　小さくされた人々を
主は選び　宝の民・正義の樫の木と呼ばれた
「恐れるな　わたしはあなたと共にいる」
この言葉が心にしみる
彼らの内に満ちあふるる　主の慈しみを感じてる

四

ひもじく渇《かわ》いた　小さくされた人々を
主は選び　宝の民・正義の樫の木と呼ばれた
「恐れるな　わたしはあなたと共にいる」
この言葉が心にしみる
彼らの内にほとばしる　主の愛こそを知っている

母の祈り

愛の告白

私が三十一歳で発病したのは、長男・時也《ときや》が三歳、長女・七星《ななせ》が一歳の時だった。この病気は何度も再発を繰り返し、その都度、身体のあちこちに神経症状が現れる。そのため幾度も入院しなければならないのだが、私にとっては、その再発から来る病気への不安より、もっと大きなものがあった。

それは、いうまでもなく、幼い子供たちを家に残してゆかなければならないことである。そのため、入院の度に子供と別れるのがつらくて、しばらく泣いてしまう。

時也は幼稚園なので、大分しっかりしているから、夫が出来る限り病院に連れて来てくれた。私は子供とかかわれるこの短いひとときをこの上なく貴重なものとして過ごすのである。

時也も思っていることを沢山話してくれたし、まだ目が見えていて、手もなんともなかった私とお絵描き遊びをしたり、あや取りや折り紙をして楽しく過ごす。そして、車椅子に乗り、外に出てきれいな色の石や、はちまき石を集めたりしては微笑み合う。

ところが、七星はまだあまりに幼い一歳。だから、めったに連れて来てもらえなかった。会えばその時は嬉しくても、別れるのが悲しくて却って可哀想だ、と言って……。

それでも、ある日、私の懇願によって、七星を夫が病院に連れて来てくれた。感激の対面の後、楽しく時を過ごし、いよいよ帰ることになった。

案の定、七星は泣きわめき、抱き上げる夫の胸を力一杯押し、身を乗り出して両手を思い切り私の方へ伸ばしてこう叫んだ。

「なな、カータン分（母さんのもの）。カータン、ほちぃ！」

ホンのわずか知っている単語を駆使しての、精一杯の愛の告白！　片言の、こんなにも可愛らしい愛の告白！

この言葉を私は胸に、一生、温かく抱き続けて行くだろう。

小さな後ろ姿と天使

あれは息子・時也が、五歳の誕生日を過ぎた頃だった。その前後私は、京都府立医大病院に長く入院しており、夫や子供達が、いつも毎日夕方には来てくれていた。

自宅は病院から歩いて十分くらいの所にあったけれど、子供は必ず誰か大人と一緒に帰るようにしていた。

それがある時、子供一人ではあるけれど、すぐ帰ったほうがよい状況になった。私の病室は八階で、時也に車椅子を押してもらいながら、エレベーターホールまでたどりついた（手はまだ動き、自分でも車椅子を動かせた頃のこと）。そして、そこで二人はこんな言葉を交わした。

「時也、ほんまに一人で帰れる？　信号は一つだけど、ちゃんと青になってから渡るのよ。でもやっぱり、怖がりの時也が一人で帰って行くと思ったら、母さん心配で心配で……」

するると時也は、

「何言うてんの。僕もう五歳やで。それにいつもそうやけど、僕らがエレベーターで帰るまで送りに来て手を振ってくれるやろ。もうとっくに扉は閉まってるのに、それが見えなくて、いつまでも母さんが閉まった扉に手を振ってると思ったら、僕の方こそたまらん気持ちで泣きたくなるんや。それにぶつからずに、ちゃんと病室まで戻れたかと思って、いつもすごく心配なんやで」

それで私はこう言った。

「じゃあ、心配と心配でおあいこやね。そしたらここで見送るから、天使に守ってもらいながら気をつけて帰ってね。お祈りしてる」

「うん、分かった。じゃあ、帰るわ。バイバイ」

と息子はエレベーターに消えた。

それでもやはりすぐに病室へ戻る気はせず、閉まったはずのエレベーターの扉の前で、病院の長い廊下を、一人玄関に向かって歩く息子の小さな後ろ姿を心に思った。

子供の天使が、その横を見守るように歩いていた。

この息子が今では中学三年生、娘は中学一年生と頼もしく成長し、あれこれ母親を思いやってくれるようになった。そんな今でもきっと、中学生くらいの天使たちが、母の思いを引き受けて、子供達のそばでいつも見守り導いてくれていると思っている。

手紙

誰でも手紙を受け取ると嬉しいものだけれど、特に私は病気になってから何通かの心に残るお手紙を頂いた。これらは私の宝物で、しっかり心に刻み込んである。

「十七年ぶりに出した手紙に、すぐ祈りの返事くれた懐かしいあの人」

（詩「やさしい人」より）

このあの人とは大学時代の恩師サレジオ会の石川康輔神父様のことで、大切なお手紙の一つ。

息子時也からも手紙をもらった。ドミニコ幼稚園三年保育に、入園してすぐの五月末、私は遠い宇多野病院に入院した。そんな母親に手紙を出したい一心で、時也は一人でひらがなを覚えようと、会う人ごとに一つずつ字を聞いては、手紙を書いたという。「かあさん　おけきてすか」という鏡文字の混ざったみみずのはったような字を、まだ目の見えていた私は幾度も繰り返し読んだ。そして待ちに待った小学校入学。何度も入退院を繰り返していたけれど、その時は退院して自宅で暮らしていた。「いってらっしゃい」と「お帰りなさい」を言ってあげられることを、私はとても喜んでいた。そんな時にまたまた再発、緊急入院と言われた。

何回も入院しているというのに、その度子供と別れることが辛くて二、三十分ぐらい泣いてしまう私であった。入院した私を追いかけるように、時也からの手紙が届いた。夫に読んでもらうとこう書いてあった。

「なかないで　なかないで　なかないで　ぼくがいる
　　　　　　　　　　　　　　　　　　　　ときや」

今度はもう一つ、こちらから出した手紙も宝物だと言いたい。自分の書いた手紙を、宝物だなんておかしいかもしれないけれど。会いたい人にすぐ会いに行ったり、思いをすらすら語る自由がなくなった私は、手紙を書くことで心を伝える。

しかも代筆してもらわなければ書けないから、たまに書ける手紙の一通一通はやはり宝物。このショートストーリーも実は私の手紙……。誰が読んでくれるだろうか、時也と七星、それから？

実際にあったことだけを、思った気持ちだけを、ただそのまま書いた。届け　届け私の心！　こうしてベットに一人寝ている私だけど、想いは日本中を、世界中を、宇宙の彼方まで翔《はばた》いてゆくのである。

届け　届け　私の心！
届け　届け　私の祈り！！

こんな子いるかな?

子供が幼稚園に入園する何ケ月か前は、お母さんは大変忙しい。体操服入れやお弁当袋、コップ袋など作らなければいけないものがたくさんある。これらはとても楽しい夢ふくらむ仕事で、手芸の好きな私は特に嬉しかった。ドミニコ幼稚園では、幼稚園カバンの補助に使う水色の布製バッグが配られ、これに名前と何か手芸をほどこすのがメインとなっている。私は時也と相談の結果、お気に入りだった二つのテレビ番組のキャラクターをアップリケすることに決めた。

ひとつはNHK「お母さんといっしょ」の中にでてくる「こんな子いるかな?」という三~四分程度の短いアニメ。いたずらっ子の「たずら」、面倒くさがりやの「やだもん」、食いしん坊の「もぐもぐ」、散らかしやの「ぽいっと」、恐がりやの「ぶるる」。これらを毎回一人ずつ取り上げ、小さなエピソードの後に「こんな子いるかな?」と問いかける。もうひとつの番組は、教育テレビの三十分番組で、「おーい、はにまる」。これは埴輪の坊やはにまる君と埴輪の馬が仲良しで、毎回新しい単語や形容詞を理解していく番組だった。私はこの二つをフェルトにデッサンし、切り抜いてアップリケする。特にはにまるは、当時時也が本気で自分のお友達だと信じていたから、心を込めて少し綿を入れてふくらみをもたせたこったものになっていた。

これがもう一息で出来上がりそうな二月末、足にしびれが走った。まだ何の病気か分かっていなかったので、不安なまま府立医大病院の脳外科に検査入院。入院のカバンの中にはこの水色カバンを刺しゅう糸とともにしのばせた。四月初旬の入園式には是非出席できますように、このカバンを持って通う時也の幼稚園生活が、楽しく恵みあふれるものになりますようにと祈りながら病室で仕上げた。入園式にはかろうじて自分の足で歩きながら出席でき、その帰りに写真館で写したのが『花物語』の序2に載せた家族写真。

今年の春、ランドセルではなく手提げ登校だというのに手提げが見つからないと、時也が騒いでいた。私がわざとからかってこう言って見た。「時也、あのはにまるカバンを持って行ったらどう?」。時也はすかさず「嫌や、あんなもん」と言った。五年生の男の子が、幼稚園児用の可愛らしいカバンを嫌がるのは当然だから、わざとからかって言っただけ。だからこの言葉には少しも驚かなかったけれど、あとに続けて言った言葉に驚いた。「嫌や、あんなもん。あんな大事なのなくしたらどうするんや。取り返しがつかへん」。それで私はさらにこう聞いて見た。「もし、絶対なくならないって分かってたら、今でも持って行く？　恥ずかしくない？」「そら持って行くよ。母さんあのカバン上手に作ってくれてたもんな」と言ってくれた。胸が一杯になった。

「こんな子いるかな？」と思いながら、私は見えない目で息子を見つめた。

見えるものと見えないもの

私が今一番大切に思っている歌は、さだまさしさんの『風に立つライオン』である。この歌は、アフリカに巡回医療のため渡った、一青年医師の手紙文が詩となって、アフリカの雄大な大自然が、心にしみわたるようなメロディーで歌われている。

「三年の間あちらこちらを廻り、その感動を君と分けたいと思ったことが沢山ありました

ビクトリア湖の朝焼け　百万羽のフラミンゴが一斉に翔び発つ時

暗くなる空や　キリマンジャロの白い雪　草原の象のシルエット」

と歌っている。

私はアフリカの大自然を一度も見たことはないが、これらすべてを創造された神を讃えずにはいられないだろう。そのような素晴らしい喜びを、創られた神とはもちろ

ん、友とも分かち合うことが出来なくなった。私は本当に、大切な機能を失ったのだと改めて思う。

『風に立つライオン』を長男・時也と聞いた後、私は言った。

「時也はアフリカへでもどこへでも行って、神様が創られた大自然をしっかりその目でみていらっしゃいね」

　すると時也は、

「うん、その時は母さんも一緒やで。父さんも七星もみんなで行こう。もう目も治っているはずやから、一緒に見ような」

　私の視力は、多発性硬化症による視神経萎縮のせいで、回復は望めないと聞いている。あまり期待させてもいけないと思い、

「母さんの目はもう見えるようにならないかもしれないよ」

　時也はしばらく沈黙した後、

「母さんがもう二度と僕の顔を見てくれへんなんて、信じられない。きっと治るよ！」

と言ってくれた。

大自然や子供の顔は、視力を失うことによって確かに見えなくなった。でも、それらの中にある本質は、心の目で見ることが可能なのだと思う。肉体的な視力は病気で損なわれることがあっても、心の目は病気にも何にも損なわれることは決してない。何故なら、それは視神経で見るのではなく、愛で見るからなのだと思う。

心の目は努力によってよりよく見えるようになる。相手を愛し、そのためもっと知りたいと望む思いが、心の目を研ぎ澄ましてくれる。

子供達の心をしっかり見守る母親でありたい。出会うすべての人の心を大切にし、愛していける人になりたい。そして、何より、見えるものと見えないもののすべての内に確かに現存する、神の愛を見つめられる人間でありたい。

「七星の祈り」のこと

七星の祈り

神さまもしよかったら、ママの病気をなおしてください。でも神さまがそう思わないのならこのままでもよいのです。なぜかというとママがこの病気をちっともいやがっていないからです。かなしんでいないからです。もしこまったことがあれば七星たちがてつだってあげればすむことだからです。

ママはいいました。

「おりょうりも、おそうじも、おせんたくもなにもしてあげられなくってごめんね。でもそのぶん時也と七星のためにたくさんたくさんいのっているからね」と……。

七星はおいのりがなによりたいせつなことだと思います。

だからママはすばらしいと思います、こんなにこどもたちのためにいのってくれる人はめずらしいと思います。このママの子どもにうまれさしてくれてありがとうございました。

アーメン

ある日七星が私のベットにもぐり込んで来た。そしてポツンと一言、「ママ、ごめんね」と言った。どうしたの？　と聞くと、「この前七星は、もし自分が大人になって子供を産んでから、ママみたいな病気になって寝ていたとしたら、どんな気持ちかなと考えたの。そしたらママの気持ちが良く分かった。あんなこと言わんへんかったら良かったとか、もっとこうしたげたら良かったとか」そしてさらに「その人の気持ちになって考えてみるという、こんな当り前のことが七星には全然出来ていなかった。一回もしたことなかった。ママごめんね」としみじみ言った。その続きに声に出してこの「七星の祈り」をしてくれた。

それまでの七星もよく祈ってくれていた。「今日学校の宗教の時間にお祈りつくるように言われたから、もちろん七星はママのことお祈りしたよ。一生懸命お祈りしたよ」などよく言っていた。でもそれまでの七星の祈りは「ママの病気を治して下さい。何が何でも目が見えるようにしてください。足が立てますように、手が使えますように」というふうに。これは子供として当然の願いであり祈りである。だけどちっとも病気が治らないことにじれて「神さまっていじわるや。神さまなんていないのかもしれない」と言う。これが何より辛かった。私は「神さまには何か深いお考えがあるのよね」と言うけれど、今一つ説得力に欠ける。

ところが七星のこの祈りを聞いて私はどれほど大きな慰めを受けたことか。私が病気であることと共に、また私の存在そのものをも七星から許し受け入れられたように思えた。後で時也にこの祈りを見せたら「七星もよう分かってるやんか、たいしたものや、見直した」と言った。この言葉で時也も又この七星の祈りと同じ気持ちで私を受け入れてくれていたことが良く分かった。私の方こそ、こんな祈りをしてくれる子供達はめったにいないと思う。心から深く感謝したのだった。

二歳違いのきょうだい

七星が生まれた時、兄の時也は二歳二ケ月だった。小さな妹を見て大喜びしただけでなく、その可愛がりようは大変なものだった。ひとりで遊んでいても気になるらしく、すぐベビーベッドへ行ってはうっとり顔をのぞき込んでいる。ベビードレスから出た足を見て、「蟻《あり》さんみたいなあんよやね」と言っていた。

七星が泣くと大変だった。遊んでいるものを放り出して、ベッドの中の七星のところへ飛んで行き、「七星、よしよし。ここにいるよ、みんないるよ」と言う。おむつ替え用に用意していたマットを広げ、ていねいにしわを伸ばし、おむつ入れからおむつを一組取り出し、それからまだ家事を続けている私のエプロンを引っぱって、「母さん、七星が泣いてるよ。早くおむつ替えたげて。オッパイ飲ましたげて」と大騒ぎなのだ。

七星が初めて口にした言葉は、「マンマ」で、二番目の言葉は、パパママではなくて、お兄ちゃんを呼ぶ「ちゃん」だった。これが少しして「おーちゃん」になり、これが小学校入学まで続いた。頼もしい二歳違いのおーちゃん！

七星が保育園に行くようになり、二歳ぐらいの頃片言で、保育園で生まれた兎《うさぎ》とお話ししたと言った時のこと。時也はお兄ちゃんらしくクスクス笑って「兎がお話しするわけないのにナ」と言った。でもそのあとこう言った。「その兎生まれたてでまだ歯生えてへんのにナ。もうちょっとせんとしゃべれへん」と。ほんとに後何ケ月かしたら、この赤ちゃん兎も歯が生え出して、七星とそして二歳違いの時也と三人でお話しするかもしれないね。あらゆることが実現しそうな、そんな素晴らしい子供の世界！

共に生きる

私が一人で過ごす時は、音楽を聞いたり読書をしたりしている。三十三歳で目が見えなくなったので、点字を勉強しようかと思った矢先、今度は手がしびれ感覚や動きを失っていった。それ以来読書好きの私は、たくさんの朗読テープに助けられ、ほとんどの読みたい本を読むことができている。

元気だった頃、目の不自由な人の読書を手伝いたくて、朗読ボランティアをしたことがあった。今こうして、今度は自分がその朗読テープを聞かせてもらう側になってみると、多くの方の、充分な下読みや下調べをした上での誠実な朗読に、ただただ頭が下がる。それに比べてあの頃の私の朗読は、心がこもっていなかったのではないかと反省しているこの頃である。

夕方六時を過ぎると、ニュースといくつかの気に入ったテレビを見る（私の場合はテレビを聞くのだけれど)。ベッドのある私の部屋には、テレビが聞けるラジカセがある。生き物を扱った番組は特別番組を含めて、必ず見るようにしている。隣室が居間になっていて、いわゆる画面付きのテレビはここに置いてあり、家族はそちらで見ている。

息子の時也は、好きなドラマや映画は私と一緒に見ようとして、番組が始まる時、私のラジカセのスイッチを入れチャンネルを合わせてくれる。番組の中で見ていないと分かりにくそうな場面があると、次のコマーシャルになると飛んで来て、「さっき何も音がなかった所は、二人が悲しそうな顔でじっと見つめ合ってたんや」と説明してくれる。番組が終わるとまたやって来て、「今日のもおもしろかったな。母さんやったらあんな時どうする?」などしばらく話したり……。

昨晩はこんな事があった。生き物の中でも特に私が大好きなマンタ(最大のエイ)の事をあるクイズ番組で扱っていた。するとすぐ、娘の七星が飛んで来てこう言った。「ママ、マンタの画面見てみたいやろ? でもママが持っている『マンタの海』っていう本の写真と同じやったで。わざわざテレビで見ることもないな」。それで私が「でもせっかく今映っているんやから見ておいで」と言うと、「ううん、ママと一緒に、七星もマンタ見んとくわ」と言い、テレビの声の様子でマンタの画面が終わったと思われる頃に、「じゃあね」とまたテレビの方に戻って行った。

母親の私と一緒にテレビを見ようとしてくれた時也。そして、母親と一緒に、マンタの画面を見ないでおこうとしてくれた七星。この子供達も成長していつか巣立って行くのだけれど、今こうして共に暮らし共に生きていることをしみじみかみしめ、感謝するひと時だった。

親と子と神様と

いつの頃からか、よく似た顔の親子のことをはんこ（判子）とかコピーとか言っている。そう言えば、うちの二人の子供達は、どちらも夫のはんこかコピー。

子供達は父親が大好きで尊敬しているから、こう言われて嫌がっているわけではない。ただ幼い頃から、いつも病気で入院している私のことを大切にし、かばってくれる子供達は、

「母さんに似てるって言われたいのに、みんな父さんのコピーって言う……」

と口をとがらせる。

時也は四歳の頃、一人の看護婦さんだけに、

「ぼうやはお母さんにそっくりね。すぐ、親子ってわかったわ」

と言われたことをとても喜び、よい思い出の一つのように今でもときどき話題にして

いる。

七星は保育園で先生から、

「大きくなったら何になりたい？」と聞かれた時、

「ママみたいなお母さんになりたい。子供を二人産んで、優しいママになるの」

と答えた。

子供達は、このように病気ばかりで何も母親らしいことをしてやれないのに、その母に似ていると言われることをこんなに喜んでくれる。このことを私は本当に感謝している。

私も夫も、共に欠点が多く未熟な者だけれど、子供達を心から愛している。子供達はそういう両親の愛を信じているから、親に似ているのを喜んでくれるのだと思う。

でも、私は子供達が親から愛されているという前に、神様から愛されていることを信じる者であって欲しい。聖書には、神がご自分に似せて人間を造られたと書いてある。そこに人間の尊い価値がある。そして、神から愛され、日々育まれている。このことを心から信じられる人はどんな境遇にあっても、困難な目に遭っても立ち上がれる。力強く生きて行ける。子供達がこの信仰を持ち、間違いない人生を歩んで行くことが私の望み。

また、祈りは神様への手紙だと思う。子供達が自分の思いも望みも、すべて神様への手紙として祈れる人になって欲しい。そして、神様からの手紙を――それは時には聖書の言葉。あるいは、日々の出来事の中に語りかけられ示されるものを――読み取って行ける人にも、つまり、すべての人々を愛して行く人になって欲しい。母の願いはただそれだけ……。

答案用紙

私にはありがたいことに、発病前二人の子供が与えられた。一人目は現在、中学二年の男の子で、二人目は小学六年の女の子。世間の親と同じで、私も子育ての事には心配や悩みが尽きない。男の子の方は、この点は安心だしここはこの子らしくて素敵なのだけれど、あの事が心配だ。女の子は、ああいう点がかわいくてこれからも伸ばして行きたいところだけれど、あの事は？　将来本人が困らないだろうか。なんとかしてあげなければ……などなど。

親というものは、このように次から次へ考えては、やきもきしたりいらいらしたり深く悩んだりするものなのだろう。特に私はこのように病気のため、子供のそばに行って何かをしてあげたり、いろいろ話してアドバイスを与えたりする事がむつかしい。だからよけいに、これらの心配事が胸に積もってゆき、何も出来ない事を悲しく思ってしまう。

だけど最近、こんなふうに考えられるようになった。人間は一人一人その生命《いのち》ある日々、つまり人生を、答案用紙に答えを書いて行く事にたとえる事が出来るのではないだろうか。神の愛によって存在した魂が母親の胎内に宿り、一人の人間として生まれてくる。

その時、その本人にしか答えを記入する事の出来ない答案用紙を手にしている。人生には、いろんな出来事があり、さまざまな人に出会う。それら一つ一つにどう対処していくか、何を読み取りどのように成長していくか、次にどんな一歩を踏み出すか。これらは全て、その本人一人にしか記入する事が許されない責任ある答案。

親や教師、きょうだいや友達は、その人のそばにいてはげましたり声をかけて共に生きて行く事は出来るけれど、手をのばしてその用紙に答えを書いてあげる事は決して出来ない。また、してはならないのだと思う。だから私も今、親としてまがりなりにも子供達のそばに生きてはいるけれど、その人生に対する答え、つまり神の愛にどのように答えていくかは子供達一人一人の責任なのだ。いくら心配してみても、子供達の人生をかわりに背負ってあげる事は不可能なのだ。

子供達が傷つかないようにとか、無駄な遠まわりをしないようにとか、思う事願う事はいろいろあるけれど、子供達を信じよう。子供達一人一人の可能性を信じよう。神の愛によって存在した、このかけがえのない魂の限りなく広がりゆく輝かしい将来を、私は心から信じたい。

名前をつけるということ

「慈子、〈てんきゅうさすけ〉って人から手紙がきてるよ」と夫が言う。「てんきゅうさすけ???」。夫は沖縄の住所が書いてあると言った。「あっ、わかった」それは天久佐信《あめくさしん》さんだった。天久さんは私の大切な霊的父親となって下さった尊敬する七十六歳の信仰の先輩なのである。「あなた。てんきゅうさすけと、あめくさしんとでは〈さ〉の一文字しか合ってないじゃない。猿飛佐助じゃあるまいし、妻の大切な霊的父親の名前くらい正確に覚えておいてよね」と注意しておいた。天久さんは〝佐信〟という名前を〝信仰をたすける〟という意味を持つから嬉しいと誇りにされているのである。

親は子供が生まれる時、その喜びを名づけることによって先ず表す。こんな人になって欲しいという願いや、尊敬する人の名の一字をもらってつけたり、時には字画を一生懸命調べたり……。このどれも、ひたすら生まれた我が子の幸せを願えばこその親の思いなのである。

旧約聖書の創世記で、神は初めの人間アダムにつくられた生物全てに名をつけることを任された。そしてアダムのつけた名が、そのものの名前になったという。名前をつけるということは、それらのうえに君臨し、支配するかのように思われる。だけど本当はそうではない。名前をつけるということは、相手に責任を持つということ。相手の生命が全うされ、幸せに生きることに対する責任なのだと思う。

親は子供を自分の所有物と考えるのは間違っている。独立した一つの立派な人格であり、その人格が最もその人らしく生かされ、そして幸福に生きるように親は守る責任がある。親の好みに染め上げるのではなく、その子本来の色に生かしめる。

そのため親は自分が正しいと信じている道に、子供を心を込め、愛をもって導いて行く。

私と夫は神からの教えを何より大切にしているから、生まれた子供の名前も聖書の中からとった。神の呼びかけに応え、神に従って生きる人になって欲しいという私達の思いは、二人の子供に届いているだろうか。そのことだけを私は今も祈り続けている。

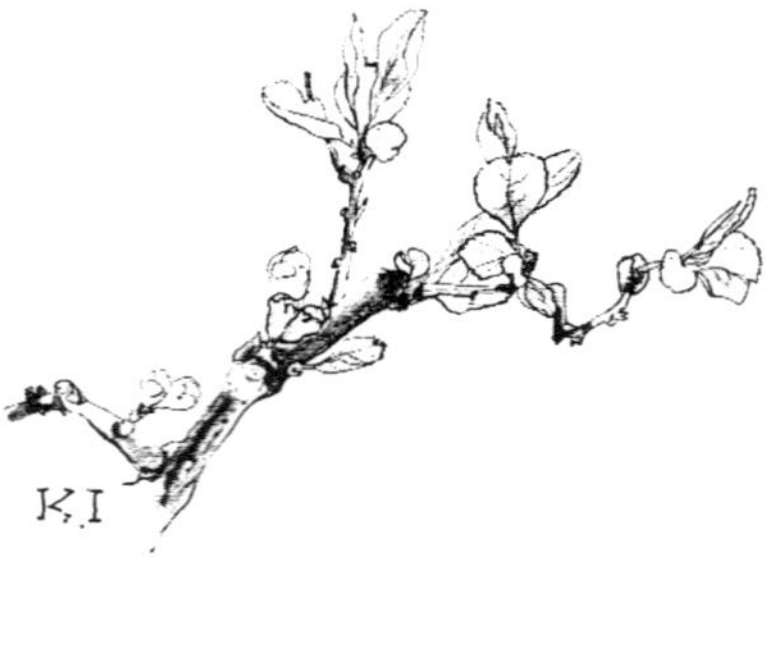

一月末、退院した日に……

「わぁーどうしよう。大事な人工呼吸器が濡れてしまう！」

娘七星が大きな声で叫ぶ。

退院の日、夫が車椅子に座る私を押し、歩いて十分くらいのところにある自宅へと帰る途中だった。小学四年生になる七星が、キャスター付きの人工呼吸器を担当して、ガラガラ押しながら連れ帰ってくれる。この日はとても寒く、途中からみぞれになり、顔に冷たく吹きつけてくる。七星が、自分の着ていたジャンパーを脱いで人工呼吸器に掛けている、と目の見えない私に夫が説明してくれた。冷たいみぞれが降る中を、ジャンパーを脱いでTシャツ一枚になっては、七星が風邪をひいてしまう。

「人工呼吸器は少しくらい濡れても大丈夫だから、ジャンパーを着なさい」

と、私は言った。

でも、七星は、

「人工呼吸器が壊れたら、ママが死んじゃうから嫌だ！」

と、最後までそのまま帰るのだった。


あれはもう四年も前のことになる。私は十一年前から始まった病気、多発性硬化症のため身体《からだ》のあちこちの自由がきかず、何度も入退院を繰り返している。その時は褥《じょく》創《そう》（とこずれ）の手術を受けるため入院中だった。呼吸がだんだん弱くなり苦しくなって、ついには自分で呼吸することができなくなった。でも入院中の再発だったので、ありがたいことに主治医がいつも側にいて、人工呼吸・気管切開・呼吸訓練などを適切にして下さり、自発呼吸がもどった。そして、退院さえできたのである。

それでも、やはり呼吸は大分弱くなり、声も小さくすぐ息苦しくなったりで頼りない状態なのだ。低空飛行ながらも自宅療養一年半の新記録を更新中の昨秋、肺炎になりかけ苦しい状態で久々の入院となった。この入院にはまた人工呼吸器が必要となり、いくら頑張ってみても二日（四十八時間）を人工呼吸器なしで過ごすと、酸素分圧が下がってくる。息苦しくなり、水から飛び出た金魚のようにパクパクあえぐ。

酸素分圧を量ると、九十二～九十三あったものが、八十五、さらには七十台、六十台へと下がってゆく。私のような場合、酸素吸入しても酸素が増えるばかりで、二酸化炭素が出てゆかない。呼吸が十分できていないから、二酸化炭素を強制的に排気する必要がある。それでどうしても人工呼吸器のお世話にならなければならない。

でも、人工呼吸器を使うと、その間は声を出すことができない。声は周りとのコミュニケーションの一番重要な手段である。だから家族や友人との関わりを大切にし、より充実した日々を送るために、日中はできるだけ人工呼吸器を使わず、発声できる状態に置こうと主治医が考えて下さった。そして毎日夜間のみ、人工呼吸器を使用することに決まった。

こうすれば翌日の日中は、心配なく安全に自分の呼吸だけで過ごすことができる。

今回の入院は比較的短期間で、今年の一月末にはようやく退院することができた。コンパクトな人工呼吸器を病院から借りて帰り、自宅でも夫が就寝中だけ使用させてくれることになる。

その晩は、小学六年生の息子時也も七星も喜んで私のベッドの側を離れない。あれこれ沢山話をした。そして私の寝室で、全員眠ることになった。普段は私と夫だけがこの部屋で眠る。吸引のためと、暑さ寒さの調節がうまくできない私は、ぎりぎりまで我慢はするけれど、夜間大抵一回は夫を起こす。人工呼吸器を使って眠ることになったため、その間は発声ができない。それで舌をタンタンタンと鳴らして夫を呼ぶ。

「タンタンタンタン……」

すると、夫ではなく時也がサッと起きてきて、

「どうした？　母さん」

――時也を起こしてしまった――

と、私はすまなく思いながら、唇を動かすだけの無声音で、

「(父さんを起こして。父さんを起こして)」

と、言った。

寝ぼけていた時也は、

「あぁ、どうしよう。僕頭がおかしくなったんかな？　母さんの言っていることが全

然わからない！」

　私があわてて、首を左右に振り、

「(ちがう、ちがう)」

と言うと、

「そうか。よかった！　そしたらもう眠るわな。おやすみ」

と言って、時也は自分の布団に戻った。

　私の命を今支えてくれているのは、人工呼吸器だけではない。私はこのような家族の愛に支えられ、生かされているのだということをしみじみかみしめ、感謝しながら眠りについた。

病気の母の祈り

力をなくした　二本の足と
支えを失った　弱い背中
母として生きる　我に再び
涙で汚れた　顔をふり仰ぎ
ただひたすらに　わが主を求めん

力をなくした　二本の腕と
光を失った　二つの瞳
妻として生きる　我に再び
涙で汚れた　顔をふり仰ぎ

ただひたすらに　わが主を求めん
アーメン

愛しています

あなたとわたしの物語

あなたとはじめて出逢ったのは　京都鹿ケ谷の修道院
小雪のちらつく寒いその日は　一月末のことでした
「召命《しょうめい》を考える練成会」での奇しき計らいの時でした
大塚司教様も大学生の　青春目映《まばゆ》い頃でした

五月三日婚約式　翌三月二十八日が結婚式
同い年の私達は二十六歳の花嫁花婿なのでした
荒神口の「白い豆ハウス」に新婚生活が始まりました
パンジー・ビオラ・チューリップが見守ってくれるその中で

両親が微笑む　きょうだいもほゝえむ　そうMaki（犬）もいましたね
そして「白のお家」を建てた頃　時也が訪ねてくれました
二年後　七星が来た頃に　私は病気になりました
多発性硬化症という病《やまい》を特別な意味をもって神様から受け取りました

あなたも同じ気持ちで居てくれたのが　何より嬉しいことでした
何回も入院し身体はどんどん不自由になってゆきました
それでもいつも変らずに支えてくれる　あなたでした
学校の先生として　子供の父親として　夫として

あなたが大好き　沢山お世話かけて　ゴメンネ
あなたが大好き　いつもいっしょにいてくれてありがとう
あなたが大好き　これからもずっとそばにいてね
Thank you for you, Thank you for everything.

自己紹介

夫と私が出会ったのは、二人とも二十一歳の一月。ノートルダム教育修道女会鹿ケ谷修道院で行われた、京都教区主催「召命《しょうめい》を考える練成会」[*1]の時であった。三、四十人集まった若者全員での自己紹介から始まる。「阿南孝也と言います。阿南の〝あ〟は阿呆の〝阿〟、〝なみ〟は〝南〟と書きます。だから〝阿呆〟が南に居て、親不孝の〝孝〟に一円〝也〟と覚えてください」。私はおかしな自己紹介をする人だなあと、その顔をまじまじ見つめた。それが将来私の「感心な息子さん」[*2]となり、「仲のよい御きょうだい」[*2]になってくれる人だとも知らずに……。

私の慈子は、賛美歌〈いつくしみ深き友なるイエスは〉からとった慈しみであると聞いている。いつの日かこの慈子は「阿呆が南に居る」人間となっていた。それからもう二人同じような小さな人間が増えた。一人目の時也の名は、旧約聖書の「神のなさることは、すべて時にかなって美しい」（伝道の書3-11）の時である。七星は、聖書における聖なる数字の七と、創世記の「星は神のみ手のわざ」（創世記1-16）から名付けた。二人とも将来はどんな自己紹介をするのだろう、聞いてみたい気がする。

＊1　「召命を考える練成会」とは、司祭や修道者、それとも結婚など、どの道に進むことが神のお望みかを知るために、聖書を読み、祈り、黙想などをする集まりのこと。

＊2　「感心な息子さん」「仲のよい御きょうだい」共に『花物語』（一九九五）に収録。

夫として、父親として

あれは七、八年前の頃、子供達は長男が四歳幼稚園児、長女が二歳保育園児であった。この頃はもう目も見えなくなっていたけれど、背中はしゃんとしていたし、手は少し不自由なくらいで、府立医科大学病院に一年以上入院していた。どのような容態になれば退院かの目処《めど》もなく、ただ日々が過ぎてゆく。

このような状態の妻を抱えて、三十三歳の年若い夫はどんな気持ちでいたのだろう。夫は中学・高校の教師をしている。毎朝六時に、自宅から自転車で三分のところにある病院にやって来て、私の洗面・歯磨を済ませる。さらに入れたてのコーヒーと、自分で用意したおにぎりなどの簡単な朝食を私に食べさせてから、自宅へ戻り子供達を起こし、幼稚園、保育園へ送っていく。

朝は洗濯機を回しながら、水曜日、土曜日はゴミ出しもある。時には共同購入の手伝いまでやりながら、近所付き合いさえニコニコとしてやってくれる。夕方は保育園に娘を迎えにいってから病院へ来て、家族四人で夕食をとる。病院の夕食と夫が持ってきた簡単なおかずでつましく済ませたり、地下の食堂でワイワイ食べたり……。その後、私の洗濯物を抱えながら子供達の手を引いて帰っていく。帰れば、お風呂に入れて、洗濯物を干し、それから自分の持ち帰った仕事を済ませるという。

私はそんな夫にこう言った。

「そんなに一生懸命にして下さらなくてもいいから、適当に手抜きでいいから、ある日突然〈もう止《や》~めた!〉と言うのだけは止めてね」。

夫は、「はいはい、かしこまりました」と言って笑っていた。

こんな父親を見て、子供達は何を読み取っているのだろう。去年の「父の日」に六年生の時也はこんな作文を書いていた。

「父は母が病気だから二重に大変なのに、文句一つ言わずに頑張っていてくれる。

……そして夜、本当に体のそこから疲れたというふうに、ぐうぐう眠っている姿を見て〈とても偉くて素晴らしいお父さんだ。いつも色々ありがとう！〉と思いました……」

この作文を読んで、私は子供達が夫の生きる姿勢からどんなに貴重なものを読み取っているかがよくわかった。こんな夫と子供達に助けられながら、あまりに感謝の足りない自分を情けなく思い、神から与えられた素晴らしい家族をもっともっと愛していきたい、としみじみ思うこの頃である。

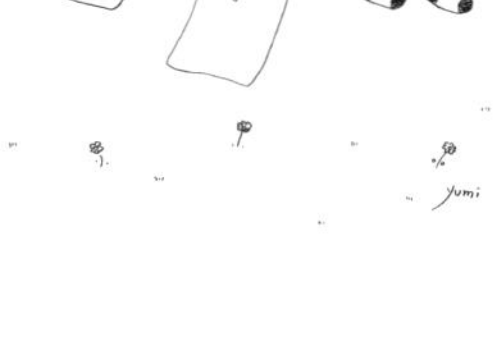

峠

夫は、結婚して四年目で病気になり、どんどん悪化してゆく私に対して、健康な時の私と少しも変らず淡々と飄々《ひょうひょう》と、明るくユーモアをもって接してくれた。退院して自宅療養している時、何も出来ないながら主婦であり続けようとする私を尊重し、献立の決定などすべて、私のして欲しいという通りにしてくれた。寝たきりでありながらも、立派に（?）主婦であり続けられたのはこの夫のお蔭……。

自発呼吸が戻り、気管切開したまま退院が許されたのは三年余り前のことだった。退院してきた私はそれまでの自宅療養とは大分様子が変わっていた。吸引・吸入や切開部の消毒、カニューレ交換、ガーゼ交換の必要が出来た。その上車椅子への移動も慎重に、そのくせ素早くしなければすぐ息苦しくなってしまう状態なのだ。それで、その負担はすべて夫のその肩にのしかかる。

夫はこの退院後の変化に戸惑いながらも、それをたった一人で耐えてくれていたのだと思う。夕方帰れば、まず食事を食べさせ、吸引は具合が悪い時などは二十～三十分ごとにしなければならず、持ち帰った仕事もはかどらない。その上夜中は体温調節の難しい私は大抵一回は起こし、これも具合が悪ければ二度も三度も起こすことになる。

これが負担にならない訳がないということを私も頭では良く分かりながらも、そして感謝しながらも、だんだん不機嫌になる夫に失望し嘆くのである。ついこちらの態度もかたくなになり、その度に自己嫌悪と反省、その繰り返しだった。互いの思いを打ち明けることもこわくて出来ないままに、しっくりいかない不安な時間が過ぎていく。

申し訳なく思いながらも、お世話にならなければ一時たりとも生きて行けない自分がただ悲しかった。それまでの身体のどの機能を失ったことよりも、夫が持て余しているのではないかと感じていたこの時が最も辛かった。私達夫婦に訪れた最大のピンチ、峠だったと思う。今思い出しても胸が痛くなる数ヶ月だった。

この私達夫婦における最大の試練・峠の時は何ケ月も続いたけれど、ある一人の神父様*との出会いによって切り抜けられた。その出会いのきっかけを作ってくれたのも、出会いがどんな重大な意義を持つかに気づかせてくれたのも夫だった。宗教的な深い意味であり、一言では説明しにくいのだけれど……。

社会の弱者、弱い立場にある者「小さくされた人々」を、神がどんなに大切にし、見守っておられるかを知った。そして彼等の正義と平和が守られ、心から喜びのうちに生きていくことこそが、神のお望みであることに気づく。さらに他でもないこの私自身も「小さくされた人々」の一人であるという認識を初めて持ち、これから私と夫がどう生きていくべきかが少し見えてきたということなのである。

そしてこの試練の時そのものが、いかに大きく不可欠なものであったかを言っておきたい。このように負担をかけながらもお世話にならなければならないという「小さくされた者」の痛みが分かるようになったことも大きい。自分が周りの者に迷惑をかけていると思った時、人は相手に済まなく思う。と同時に、周りに負担をかける存在であることに深く傷つく。敗北感、焦燥感、挫折感などなど。そのような傷を何度も受けてきたであろう老人、それも特別養護を必要とする老人、ハンセン病の人々、精神障害のある者、重度身体障害者など。私が特に彼らを大切にしており、愛を持って接していきたいと思っているのは、これ以上彼らを傷つけたくないからなのだ。彼ら「小さくされた人々」を心から大切にし、喜んでかかわっていくことが、愛そのものである神の何よりのお望みであることがよく分かる。この大切なメッセージに気づかせて頂いた私達夫婦が、峠を乗り越えられたことへの感謝をしみじみ感じながら、ふさわしく生きていきたいと思っている。

＊「私がキリストと新たに出会った日」参照。

真珠飾りのふた

医療関係の機器は、どれも需要が低いせいか高価で困る。病気の者にはどうしても必要であるのに、購入するたびに、「高いなー」としばしば思う。

私は気管切開をしている。切開部分にカニューレというチューブをはめ込んでいて、そこに〈ふた〉をはめれば発声することができ、〈ふた〉を外せば痰《たん》を吸引したり、人工呼吸器を取り付けたりすることができる。ある時、私はこのカニューレの〈ふた〉の予備をなくしたので、一つ購入することになった。この〈ふた〉は一センチ位の小さなもので、何でもないようなものだけど、これを閉めなければ声を出すことができない。つまり私にとっては、大変大切なくてはならないものなのだ。

病院から注文してもらった〈ふた〉が届き、取りに行ってもらうと一個四千円。夕方帰って来た夫に、「カニューレの〈ふた〉が届いたわ。でも高いのね。四千円もした」。すると夫は、「ふーん」と言ってからすぐに、「えっ？　何やって？　いくらっていうた？」。私はそれが四千円であることをいい、「高くてごめんね」と謝った。夫はさらにこう言った。「ちょっとその〈ふた〉見せてみて。真珠でもついているんか？　この頃はピアスがはやっているっていうから、今度は気管切開のカニューレの〈ふた〉を真珠飾りにして、はやらそうと思っているのと違う？」。そこで二人で大笑いをした。

私が病気をしていることで、いろんな出費がかさむ。それは健康な場合には不必要なものなのだけれど、夫はただの一度も嫌な顔をしたことがない。普通のサラリーマンである夫にとって、それらはしんどい出費であることは確かなのだ。それなのに全く見事という他ないくらい、発病当初から変わらず、私に肩身の狭い思いをさせない夫のおかげで、こんなにものんびりさせてもらっている。

それで、この一個四千円也のカニューレの〈ふた〉は、家計を圧迫する憎らしい出費ではなく、真珠飾りのちょっとお洒落な〈ふた〉となって、わが家に居座ることになるのだった。

毛づくろいと毛づくろい

最近知った白手手長猿が私の関心を特に強く引いたのは、彼らが猿の中で唯一、家族単位で暮らしているという点である。

家族の縄張りは、直径五百メートル位。この中に父親と母親、そしてその子供達が数頭いて、大人になって独立するまで、いつも家族単位で行動している。寿命は三十歳位で、出産は三、四年間隔なので、一夫婦に生まれる子供達はせいぜい五、六頭という点も、私たち人間にありそうで、すごく身近な感じがする。ちなみに私は六人きょうだい。

あるテレビ番組で取り上げていた白手手長猿の一家は、夫をカシウス、妻をカサンドラと名づけられていた。子供は三頭の男の子。そして解説では、推定十八歳の妻カサンドラが、夫初め子供達全員を引き連れて、いつも先頭切って歩いているという。

白手手長猿は朝はきちんと起き、目を覚ますとすぐ夫婦・親子は大きな声で歌を歌う。これはデュエットといって、縄張りを示すと共に、家族の絆《きずな》を深めることになる。その後、妻が一際声高くグレートコールし、それに夫がグレートコールで応えていた。このような白手手長猿の暮らしの中で一番私の心を引いたのは、彼らの毛づくろいの様子だった。

妻カサンドラが、ある時夫カシウスに寄り添いもたれ掛かっていた。カシウスはちょっと重たそうに身を引くけれど、そのまま甘えるカサンドラのあごを手でそっと持ち上げ、優しく毛づくろいを始めた。しばらくして、今度はカシウスが妻に背を向けて座り、毛づくろいを要求する。それでも知らん顔して自分も背を向け、今一度毛づくろいを求める妻に、カシウスは負け、あきらめて妻の背中を再び優しく毛づくろいしていた。

子供達同士も仲良くじゃれ合って遊び、夫は、そんな妻や子を、毛づくろいしたり気長に相手し関わる様子が、なんだか私の家族を見ているようだった。

あの白手手長猿の家長カシウスも、我が家の家長阿南孝也もどちらもとても大変なんだなと思い、少しおかしくて笑ってしまったのだけれど、なぜか涙が一筋こぼれた。

神さまが慈子に下さった特別なお恵み

一九五四年六月二五日　生まれたこと
翌一月六日　幼児洗礼を受けたこと
たくさんの先生方や友達に満たされ　有意義な学校生活を送れたこと
阿南孝也にめぐり会い　そして結婚できたこと
長男時也が生まれたこと
長女七星が生まれたこと
多発性硬化症という難病になったこと
上田先生が主治医になって下さったこと
家族の愛に包まれて　心穏やかに病気の日々をすごせたこと

Thank You for Everything.　あらゆることを本当にありがとう

神に感謝

愛しています

愛しています

一つ、まわりの人に言いたい事は　ごめんなさいごめんなさい
　家族　友達　すべての人に　ごめんなさいごめんなさい

二つ、まわりの人に言いたい事は　ありがとうありがとう
　家族　友達　すべての人に　ありがとうありがとう

三つ、まわりの人に言いたい事は　大好きです大好きです
　家族　友達　すべての人に　大好きです大好きです

この世に命のあるうちに　そして
ごめんなさい　ありがとう　大好きですのその後に
心をこめて言いたい事は　愛しています愛しています
家族　友達　すべての人に　愛しています愛しています

阿南慈子さんのこと

医療法人梁山会診療所　上田祥博

「退院したい」という言葉に私は頭を抱え込んだ。完全な失明状態で、四肢を動かすことはできない。首から下の感覚は全くない。排尿・排便も自らの意思でコントロールすることはできない。気管切開の穴に差し込まれたカニューレを閉じると微かに声がやっと出せる。このような状態にある患者の言葉だった。大きな褥創《じょくそう》(床ずれのため大きく破れてしまった皮膚の創)を手術で閉じて、やっと治癒させることのできた直後だった。呼吸状態が悪く、肺活量が五〇〇mℓしかなかった。何かあったら人工呼吸器が必要となる。私はいつでも人工呼吸器がスタートできるように準備をしていた。当時の私には、いや、ほとんどの一般病院の勤務医にとっても、彼女が家で療養できるかもしれないという発想すらないのが普通だろう。

私は当時大学病院の神経内科に勤務していた。彼女は中枢神経系のあちらこちらに次々と炎症が起こる原因不明の疾患、多発性硬化症を患い、数年前より私が主治医として治療にあたっていた。彼女が阿南慈子さんである。初期の頃は頻繁に増悪と緩解《かんかい》（症状の悪化と改善）を繰り返し、徐々に障害が残る様になってきた。まず目が見えなくなった。次に両足が動かなくなり、歩けなくなった。同時に尿便の感覚がなくなり、垂れ流すようになった。そのため膀胱に留置カテーテルを入れ、おしめをあてた。麻痺はだんだん上のほうへ上がっていき、ついに手も動きにくくなった。

彼女の多発性硬化症はたちが悪かった。同じ多発性硬化症でもほとんど再発がなく、障害もごくわずかで経過するような例も少なくない。しかし彼女の場合は頻繁に増悪緩解を繰り返し、比較的短時間のうちに強い障害を残すに至った。私は悪化するたびに、当時増悪の期間を縮めることができると信じられている薬を使った。増悪は直ぐに止まるのだが、もとの機能レベルまで回復することはほとんどなかった。

彼女は繰り返し私に説明を求めた。「原因は何なのか」「治す薬はないのか」「難病とはなにか」「私はどうなってしまうのか」「いつまで生きられるのか」私は的確に答えることのできない質問に、あれこれ実例を混ぜ、説明した。どのようにすれば障害を少しでも残さないようにできるか。合併症をできるだけ起こさないようにするにはどうすればよいか。どのような生活をすることが望ましいのか。

原因不明で確立した治療法のない難病に、共同で立ち向かう医者と患者の涙あふれる闘病の記録という感じであろうか。そのようなイメージで私は一生懸命に、難病に立ち向かっていたように思う。彼女にも全力をあげて難病に立ち向かう生活を勧めた。それは結果的には医者の自己満足を押し付けていたことになっていた様に思う。

しかし阿南慈子さんは単に押し付けられたままでいるような人ではなかった。すなわち病院サイドからみると、彼女は「いい患者」ではなかった。ある時は六人部屋のベッドで幼い子供たちと遊び騒いで、同室の患者から苦情がきた。またある時には、看護婦に隠れてケーキを買ってきて、紅茶を楽しんだ。またクリスマスのディナーショーに行きたいので、と外出を申し出てきた。感染の危険のため禁止すると、こっそり抜け出し、知らん顔で帰ってきた。今から思えば、普通の生活を送っている人にとっては、これらのことは特別な要求ではなかったはずだ。しかし、病院という集団生活の中では、辛抱をしなければならない要求であった。そのため彼女は医者や看護婦の立場からは病院の規律を乱す問題患者で、わがままな患者であった。

そんな彼女もとうとう首から下は全く動かなくなり、感覚も完全に消失した。呼吸も浅くなり、時々起こる呼吸不全のために、気管切開も行った。切開部分から挿入している気管カニューレ（樹脂製のチューブ）を閉じるとかろうじて声が出た。もう病院の規律を乱すこともできなくなってしまっていた。いつのまにか再発増悪もほとんど起こらなくなっていた。というより再発しても、再発を知るすべすらなくなっていた。既にこれ以上麻痺するところがほとんどなくなってしまっていたのだ。

「退院して、家に帰りたい」。そんな頃彼女から受けた相談だった。「またわがままを言う」

と思いながら、彼女に現在の身体の状況を説明した。医療監視のないところで暮らすことの危険を繰り返し説明した。朝になったら、死んでいるかもしれないのだ。しかし彼女の決意は固かった。なぜこのような身体で家に帰ろうとするのか。私は家に帰ってどうするつもりか聞いた。

「私はもう、長くは生きられない。今のうちに子供たちに伝えておきたいことがある」。強い意志のこもった、見えない目で彼女は私を見据えた。

彼女は私とほぼ同世代である。私にも二人の子供がいる。彼女の二人の子供と上は同学年、下は一年下であった。私は自分の生活を思った。私と彼女の生活を重ね合わせてみた。病院に入院すると生活が破壊されることに初めて気が付いた。医療は生活を破壊しているのだ。医療は命を助けるものではなかったのか。医療とは命を助けても人生を助けることにはなっていない。私はこの程度のことすら今まで考えもしなかった。同僚も先輩も、大学病院や大病院に勤めている恩師たちすらも、同様だった。私は彼女を退院させることを決意した。

しかし、いつも気楽に決めていた退院がこれほど難しいとは思いもよらなかった。まず現在病院で行っている処置をどうするのか。婦長に退院を相談すると、こんな状態で帰れるわけがないと言う。そこを何度も話し合って、婦長は私の考えに同意してくれた。私の病院は患者の家に看護婦や医師が行くことを認めなかった。毎日の処置をするために、地域の訪問看護ステーションにほぼ毎日の訪問看護をお願いした。訪問看護ステーションの看護婦と婦長は何度も話し合って、処置を省略していった。後にその婦長はその時のことを思い出しながら、「看護婦としてのプライドを捨てた」と言った。看護婦ならば当然すべきことに目をつぶらなければならなかったことが多かったのだ。さらに訪問看護ができない日のために婦長は看護婦を探してきてくれた。私の往診も病院は認めなかったので、往診してくれる医師も探した。

同僚や先輩にも「こんな状態でどうして帰せるのか」といった非難が多かった。医師にはなかなかわかってもらえなかった。もう手の施し様のない癌末期の患者に行う延命処置の中止に関しては理解を示す人でも、彼女の退院には賛成しなかった。しかし彼女はいつ死ぬかもしれない命だから、今自分の人生を自分自身の手元に引き寄せ、納得のいく人生を生きたいと考えている。「死なない」という安全と引き換えに、家族との生活は破壊され、自分の人生は自由にならない、そのような選択をしたくないと考えているのだ。

彼女の親戚は彼女と夫に退院をあきらめるよう説得したが、二人の決意は固かった。彼女の夫はよく支えてくれた。彼女の気持ちをよく理解して、「朝になって冷たくなっているのを見つけたとしても、今退院するほうが意義深い」というようなことを言ってくれた。結局説得をあきらめた親戚たちは、非難を私に向けた。「このような状態で家に帰して、もし何かあって死んだら、責任を取ってくれるのか」

昼間に何とか彼女一人になってしまわないように考える必要があった。訪問看護はせいぜい一日二時間である。彼女の教会の関係からボランティアが来てくれることになった。彼女は子供に伝えたいことを口述筆記してもらうことを望んだ。そのため、ボランティアは話し相手をしながら口述筆記をすることが重要な仕事になった。

二週に一日は私の神経内科の外来と泌尿器科の外来を受診しなければならない。そのために夫は毎週水曜日に仕事を休んだ。彼は数学の先生で、水曜日に授業がないように時間割を組んでもらったのだ。

やっと体制が整った。彼女は家で過ごすことになった。それからの彼女は想像を絶するパワーを発揮し始めた。手も足も動かず、感覚もなく、目も見えず、微かな呼吸のため、口唇の動きと微かに聞こえる音を頼りにコミュニケーションしなければならない状態であった。しかし二児の母として、また妻としての存在感を発揮するようになった。ボランティアに頼んだ口述筆記は、エッセイになり、本となり、自費出版するに至った。やがてPHPから連載の依頼がきた。本を出すようになって、友人も増えたらしい。手紙にも精力的に返事を書いたのだろう。私もしばしば現状を訴える手紙をいただいた。家庭での活動はご家族のほうがずっと詳しいのでここで彼女の活動を長々と述べることはやめよう。

私は彼女のそのような活動に強く衝撃を受けた。医療はなんと患者の生活・人生を破壊していたのだろう。もっともっと些細な障害を持っている人たちの自立をわれわれは阻害しているのではないか。われわれ病院の勤務医は病院での患者さんたちしか見ていない。外来患者さんも実は病院にやってきたときと家庭ではとても違うのではないか。

私は神経内科医である。運動・感覚などの障害、脳機能の障害の患者さんを診る。われわれが扱う患者さんの多くは、さまざまな障害を残してしまう。一部は徐々に進行してゆく。阿南さんのようにいわゆる神経難病の人も少なくない。本当に入院が必要な患者さんはどれだけいるというのだろう。私は入院を本当に必要とする患者は急性疾患、急性期の患者に限られることに気がついた。内科医が扱う多くの慢性疾患の患者さんは急性期を除いては家庭で治療されるべきなのだ。医療がその人の人生の中心的な事柄になることなど、急性期の疾患を除いてはあってはならないのだ。障害を持ったまま、医学的管理を受けながら家庭で過ごし、社会と関わりを持つ。そして必要なこと、できない事は援助を受けたらよい。その状態でその人自身の人生を豊かに生きる。これはたとえどのような介護を受けていたとしても自立していることになる。

私は障害を持った人が普通に社会とかかわりを持つことができるような、入院施設のない診療所を作ることにした。私は運動疾患と痴呆疾患を専門としている。パーキンソン病、アルツハイマー病、脊髄小脳変性症、進行性核上性麻痺、基底核皮質変性症、ピック病、多発性脳梗塞、脳梗塞後遺症……これらの患者さんが多少の障害があっても価値のある人生を生きることは可能だ。阿南さんはそれを証明してくれた。もちろん病気を治すことができればそれにこしたことはない。しかし治らない疾患だから慢性疾患になる。また治ったとしても後遺症として機能障害を残すことも珍しくはない。それを完全に直してしまうことに総てをかけてしまうと、残りの一生をその闘病生活に費やしてしまうことになる。

私は二〇〇〇年一〇月一日、白梅町に作った診療所に移り、大学を辞めた。阿南さんのように少々の障害があっても(阿南さんは少々と言えるレベルではなかったが)自立して、自分の人生を自分の手元に取り戻すことを手助けすることを目的とした診療所である。阿南さんにはぜひこの診療所を見て頂こうと考えた。「あなたの存在がこの診療所を作った。あなたのように病気や障害を乗り越えてしまう人が一人でも増えるようにという願いを形にしたのがこの診療所です」。私は彼女に伝えた。「春になったらぜひ行きたい」と彼女は答えてくれた。しかしその春はやって来なかった。

今日も私は一人では外出ができない高齢者たちを診療している。おのおのの家庭で家族たちと共に寝て、朝が来れば着替えて診療所に行く準備をする。私たちは彼らを迎えに行く。診療所に来た彼らは新しく作った友人たちとリハビリをし、作業をし、運動をし、泣いたり笑ったりしながら、過ごしている。私は元気な彼らを診療しながら、彼らからエネルギーをもらって元気になっている。あの時の阿南さんのわがままと勇気は、家に閉じこもって消えかけていた高齢者の命の息吹をよみがえらせ、新たなエネルギーとなって渦巻いている。

病を得て―あとがきにかえて―

阿南孝也

妻・慈子が四十六歳で帰天して一年目に、このような立派な本を出版して下さり、感謝の気持ちでいっぱいです。この本に収められた一つ一つの文章は、多くの友人が妻のささやきを聞きとって、あるいは口の動きを読みとって下さってできあがったものばかりです。多くの方のいっぱいの愛がぎゅうぎゅうにつまったこの本をみて、妻も喜んでいるに違いありません。

私達は、結婚して五年、二人目の子供を授かってからまもなく、多発性硬化症（ＭＳ）という病気を受け取りました。以来十五年間、妻は足、目、手、体の感覚、呼吸と声の順に、体の機能を次々と失っていきました。しかし、決して希望を失うことはありませんでした。いやむしろ明るく生き生きと積極的に生き抜いた十五年間でした。

妻はもともと至って丈夫、風邪一つひかない健康そのものの女性でした。河原町カトリック教会では、教会学校のリーダーとして子供達の世話をし、聖歌隊のメンバーとしても活躍していました。保母の資格を取得し乳児保育所で保母として働いていました。「みんな私のこと、あなみ先生じゃなくて、はなび（花火）先生って呼ぶのよ」と、子供達のことがかわいくてたまらないという表情で話していたのを覚えています。読書が大好きだった妻は、図書館司書として学校にも勤めました。生徒と本に囲まれた生活は妻にぴったりのものだったと思います。話も上手だったし、生徒達から慕われる、明るく活動的な女性でした。運動神経も抜群で、若い頃は鉄棒の大車輪もぐるぐるいくらでも回転出来たそうです。

妻は、これらの能力は、全て神様から無償でいただいたものであることをよく知っていました。ですからもし病気に冒されることなく、健康な母として、妻として生きることが許されたとしても、決して自分を誇ることなく、かえって感謝の念を深く持ち、きっと今も、家庭・教会・社会の中で、充実した日々を過ごしていたに違いありません。

しかし神様のご計画は違いました。多発性硬化症という原因不明の難病によって次々と体の機能を失い、周りの人に手伝ってもらわなければ何もできなくなってしまった時、神様は妻に大切な仕事をお命じになりました。「私がどんなに深く一人一人の人間を愛しているか、伝える手伝いをしてほしい」。そして動くことのできない妻の元に、実に大勢の助け手を送って下さいました。親身にお世話下さった皆様のおかげで、妻は自宅のベッドに横たわったまま、心は広く世界中を駈け巡ることができました。病気によって失われたものは確かに大きく、つらいものでした。しかし、病を通じて得たものは失ったものよりもはるかに大きく、貴重な光り輝くものであったことは間違いありません。

いろいろな方との出会いは、心を広く深くさせてくれました。中でも、大阪釜ケ崎で活動されている本田哲郎神父との出会いは、私達夫婦にとってかけがえのないものとなりました。「神様の力は、弱さの中でこそ発揮される。神様は社会的に弱い立場に立たされている人とともに歩まれている。彼らのところに出かけてゆき、彼らのもつ豊かな感性に触れ、心をそわせともに歩むことが大切だ」。

教会に行き心穏やかに生活すればよいと考えていた私達にとって、大きな衝撃でした。このメッセージを受けてからの私達の生活は、それまでのものとは大きく変わったと思います。妻自身、それまでも、もちろん神様が見捨てられるはずがない、一番よいものを一番よいときに与えて下さるはずだという確信はありました。しかしこのメッセージによって、与えられた病を、神様が共にいて下さる恵みとしてとらえることができるようになりました。目が見えなくなったことによってかえって見えるようになったもの、体の機能を失うことによって逆に得たものの大きさを感じ取れるようになったのです。同時に、同じように弱い立場に立たされている人―小さくされた人―の存在に心を向けることができるようになりました。病気で苦しむ人、病気の子供に心砕く父親・母親、偏見に心を痛めるハンセン病の患者・元患者、日本が戦争で苦しめたアジアの人、今なお戦火におびえ命の危機に置かれた人、病気やリストラにより職を失い野宿を強いられた人、死刑囚の方など、多くの小さくされた人々と直接出会ったり、手紙のやり取りを通して心の交流をもつことができました。本田神父は、お忙しい中、何度も病床の妻を訪ね、ミサ、聖書の話をして下さいました。聖書に精通したお話は、どれも心を打つものばかりでした。

河原町カトリック教会の先輩である宮川ご夫妻をはじめとする大勢の友人が、文字通り妻の命を支えて下さいました。ボランティアの方々というより、慈子ファミリーの方々と言ったほうがぴったり来るような温かな一大家族が誕生しました。私が仕事に出て子供達が学校に行った後、妻が一人にならないよう（一人でいるときに人工呼吸器にトラブルが起こると、一分以内に死んでしまうのです）、宮川佳子さんが中心となって、身の回りの世話をして下さる方、手紙を読んで下さる方、文章や手紙の返事を書いて下さる方などなど、すき間が出来ないような体制を作って下さいました。これまで出版できた作品も、ファミリーの皆様が力を合わせて作り上げて下さったものばかりです。本書の「真珠」にもあるように、妻を核として、大勢の方の真心がその核をそっと包み込んで、美しい珠を創ることができたのだと思っています。

真珠について、聖書には次のようなたとえ話が記されています。「天の国は次のようにたとえられる。商人が良い真珠を探している。高価な真珠を一つ見つけると、出かけていって持ち物をすっかり売り払い、それを買う」（マタイによる福音書十三章—45・46）。神様が全てを投げ出して（御ひとり子イエス・キリストまでお与え下さって）この真珠をご自分のもとにおいて下さったのだと信じています。

もちろん、本書の「峠」にもあるように、全てが順調にいったわけではありません。トラブルも多かったし、不協和音をしょっちゅう出していたに違いないと思います。夫婦げんかも、少なくとも普通の夫婦と同じくらい（どのくらいけんかするのが普通なのかは知りませんが）したと思います。些細な事から言い合いになったことも多く、今にして思えば、もっと妻の身になって接していればと後悔する事がいっぱいです。腹が立つことがあれば、私は言いたいことだけ言って隣の部屋に逃げ出せばそれでおしまいに出来ます。しかし、動くことが出来ず、耳をふさぐ自由さえ与えられていない妻は、言いたいことの半分も言えず、聞きたくないことは全て聞かされ、無防備でいるしかなかったのです。慈子、ごめん。

難病に冒されていたにもかかわらず、前向きに生きていく事が出来たのは、主治医をはじめ、看護して下さる方々に恵まれたおかげだと思います。発病後まもない頃から、上田祥博先生が、

婚約時代のペアマラソン

足に発病した頃

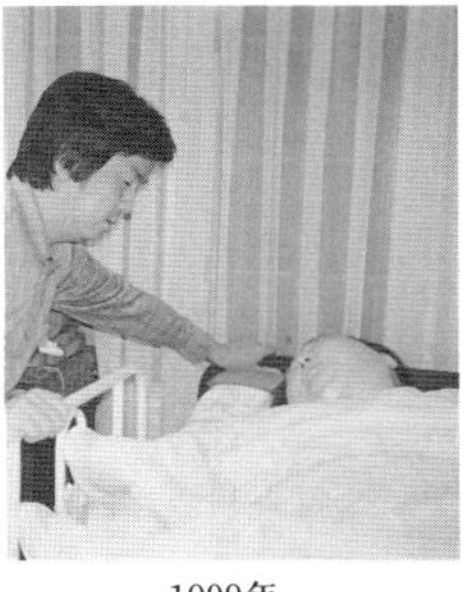

1999年

十三年の長きにわたって主治医として診て下さいました。上田先生は、妻がただ命を長らえればよいという考えではなく、生き生きと生きることが出来るようにと心を配って下さいました。入院中は妻の言葉を聞き取って文章化することが難しく、ほとんどの活動が止まってしまいます。上田先生は、病状が落ち着いているときは出来るだけ自宅で過ごせるようにと考えて下さいました。

在宅難病患者の往診治療をされている安井浩明先生は、毎週自宅の妻のベッドまで来て下さり、治療して下さいました。訪問看護ステーションの看護婦の方が毎日看護に来て下さいました。なるべく自宅で過ごせるように、でも具合が悪いときは入院して治療にあたることができるよう、連絡を取り合って看て下さいました。そのおかげで、亡くなる前日まで自宅で過ごすことができたことを心から感謝しています。

この他にも、お世話下さったホームヘルパーの皆様。妻の作品を日本中に届けて下さったPHP研究所の皆様。また妻が参加できるようにと我が家で同窓会を開いて下さったこと。歌やピアノ、フルート、チェンバロ、リコーダー等のホームコンサート。毎年早春に届けて下さる水仙の香りのプレゼントなどなど、数えても数えても数え切れないほど多くの方からの大きな励ましと支えをいただきました。ここに改めまして感謝の意を申し上げます。本当にありがとうございました。

余談になりますが、妻はほとんどの感覚を失っていましたが、不思議なことに、味覚だけはほぼパーフェクトに持ち続けることができました。おいしいものを少しずつ、本当においしそうに食べていました。京都府立医大病院に通院し、上田先生の診察を受けた後、病院地下の食堂へ行くのを毎回楽しみにしていました。何を食べようかと真剣に悩んでいたようです。通院のため病院前の道路を横断中、突然呼び止めるので、人工呼吸器が外れて息ができないのかと慌てて立ち止まると、口パク（声が出ないので口の動きで意思を伝える）で「やっぱり、ざるそばはやめて山かけそばにする」といったことも何度かありました。小さいときから食べることが大好きだった妻のために、神様が特別に味覚だけはそっと残しておいて下さったに違いないと思っています。ちなみに、最後に食べたものは、亡くなる前日、妻のリクエストによる「こってりラーメン」（昼食）と、ほかほか弁当の季節限定「かきフライ弁当」（夕食）でした。

最後になりましたが、本の出版にあたりご尽力下さった、思文閣の田中周二会長、思文閣美術館の柴八千穂さん、思文閣出版の林秀樹編集長、後藤美香子編集主任、そして美しい装丁画で本を飾って下さった小出麻由美さんに心からお礼申し上げます。

二〇〇一年十月

おおきなさかなからのこうげきに にげまどうこざかなたちのさけび
せっかくうみつけた 幾百万もの たまごや ようやくふかしたちぎょたちを
わがものがおに食べられても みているしかないくやしさ
それでもわずかはまぬがれてそだち むれをなしおよぐときの感謝と喜び
かれらのー おもいの すべてを わたーし
かんじている 知っている ほんとうに
鯨もマンタも 甚平鮫も 創造されたのはあのかた
ピラルクもジュゴンも ネオンテトラも 創造されたのはあのかた
そしてなによりあのかたが 愛をこめ いつくしみで
つつんでおられる しろいさんごは わたし

あの方と珊瑚

作詞　阿南　慈子
作曲　遠藤　政樹

人から見たら わたし 生きていないようにみえるかもしれない
人から見たら わたし 死んでいるようにみえるかもしれない
ただ あおいうみのそこに じっと動かずにいるの
ただ ひろいうみのそこに じっと身をよこたえているの
それでもー わたしの いのちは いきている
こんなにも いきている ほんとうに
歩いて行くことはできないし 泳いでいくこともできない
まぶたを開けても何も見えないし からだはなにもかんじない
ただ あおいうみのそこに じっと動かずにいるの
ただ ひろいうみのそこに じっと身をよこたえているの
それでもー わたしの 魂は かんじている
こんなにも かんじている ほんとうに

だいちにいよいよ—— みのりのきせつ けっしてだれにーも
まけないくらい あかーくもえたーつ おまえよ
ちいさなみをいっぱいにあいらしいそのすがーた きょうまでのひの
さんびをうたう りんりんとすみわたる れいみょうなきせつ
はをなにもつけず ただひたすらに だまーってたたずーむ
おまえよ ゆきをいだいてたくましくちん もくのそのすがーた
これからのひの きぼうをうたう

アメリカ花みずき

作詞　阿南　慈子
作曲　遠藤　政樹

ながくきびしい——　きせつのあーとに　うす　みどりいろの
わかばとともに　いっせいにはなひらく　おまえよ
えだという　えだ　いっぱいにしろく　さくそのすがーた　いまあることの
かんしゃをうたう　ギラギラとてりつける　ひかりのめぐみ
からだいっぱいたいようの　ひかりをあびて　あおーばかがやーく
おまえよ　むせかえるほどにこく　しげるそのすがーた
きょういきることの　よろこびうたう

小さくされた人々
私がキリストと新たに出会った日（草稿）［柳本昭］
ボーダーラインを越えた時（『花かんむり』）
難病という名の小さくされた人々（『追伸花』）［柳本昭］
私の悲しみ（『今生きているあなたへ』）
幸せ運ぶ者（『今生きているあなたへ』）［井口かよ子］
小さく優しいあなた（『PHP』98.7増刊）
白い黒熊（『PHP』97.7増刊）［井口かよ子］
小さくされた人々（『追伸花』）

母の祈り
愛の告白（『PHP』96.6→『PHP』98.7増刊）［奥村暁美］
小さな後ろ姿と天使（『PHP』98.7増刊）［奥村暁美］
手紙（『花物語』）［勝木裕美子］
こんな子いるかな？（『花かんむり』）
見えるものと見えないもの（『PHP』96.11）
「七星の祈り」のこと（『花物語』）
二才違いのきょうだい（『花かんむり』→『今生きているあなたへ』）
共に生きる（『PHP』98.11）［阿南七星］
親と子と神様と（『PHP』96.4）
答案用紙（『PHP』97.11）［阿南孝也］
名前をつけるということ（『PHP』96.12）［井口かよ子］
一月末、退院した日に（『PHP』96.9増刊）
病気の母の祈り（『花物語』）［勝木詠美子］

愛しています
あなたとわたしの物語（草稿）
自己紹介（『花物語』）［勝木裕美子］
夫として、父親として（『PHP』96.2→『PHP』97.7増刊→『神様への手紙』）［勝木裕美子］
峠（『花かんむり』→『PHP』97.7増刊→『神様への手紙』）［柳本昭］
真珠飾りのふた（『追伸花』）
毛づくろいと毛づくろい（『PHP』98.7増刊）
神様が慈子に下さった特別なお恵み（『花物語』→『花かんむり』）［柳本昭］
愛しています（草稿）［柳本昭］

［中扉の挿図は全て奥村暁美］

初出一覧 ［挿図］

いのちをそっと抱きしめて
あの方と珊瑚（『今生きているあなたへ』）［柳本昭］
足の思い出（『花物語』→『神様への手紙』）［阿南時也］
手というものは（『花物語』→『神様への手紙』）
夜中に一人起き出して（『PHP』98.6）［勝木裕美子］
金の指・銀の指・鉛の指（『追伸花』）
痛みの共感（『PHP』97.7増刊）［佐原良子］
私にとって存在の価値（『追伸花』）［永登裕芳理］
真珠（『花かんむり』→『神様への手紙』）
すず虫（『今生きているあなたへ』）［永登裕芳理］

神さまからの贈りもの
クリスタル（『花のかおり』）［奥村暁美］
朝（『花かんむり』→『今生きているあなたへ』）
ふるさと（『PHP』97.7増刊）［佐原良子］
ボランティアの次の日から（『PHP』98.3）［佐原良子］
白い車椅子（『花物語』）［安藤裕子］
ストレッチャーに乗って（『今生きているあなたへ』）
物語「愛の糸」（草稿）
器とハート（『PHP』98.7増刊）［井口かよ子］
神の愛から（『花かんむり』）［柳本昭］
「Deo Gratias」神に感謝（草稿）［平賀紀久子］

人生という愛
選びとった時間（『今生きているあなたへ』）［日高恵子］
ほほえみ（『PHP』98.1）
バラの花に思う（『PHP』98.7増刊）［安藤裕子］
話すことも聞くことも、それは愛（『今生きているあなたへ』）［永登裕芳理］
やさしい人になりたい（『今生きているあなたへ』）
感謝もせずに（『今生きているあなたへ』）［宮川佳子］
『星の王子さま』と私（『今生きているあなたへ』）
黄金の言葉（『今生きているあなたへ』）［安藤裕子］
愛のコーティング（『今生きているあなたへ』）［井口かよ子］
手をつないだらいい（『PHP』98.7増刊）［井口かよ子］

阿南慈子（あなみ・いつこ）
1954年福知山市生まれ、翌年受洗。４歳から京都市在住。平安女学院短期大学キリスト教科、英知大学文学部神学科卒業。1981年阿南孝也と結婚、一男一女の母。
31歳で難病の多発性硬化症と診断され、車椅子の生活となる。33歳で失明し、その後首から下の感覚をすべて無くすが、人工呼吸器を使用しながら、多くのボランティアの口述筆記の助けを借りて、詩やエッセイ、童話などを執筆。それらをまとめた『花物語』『花かんむり』『花のかおり』『追伸花』『今、生きているあなたへ』を自費出版。『月刊 PHP』〈神様への手紙〉シリーズ（1996年１月～1998年12月）にエッセイを連載。著書に『神様への手紙』(1997)、童話『もぐ子とお兄ちゃん』(1996)『もぐ子とお兄ちゃんの四季』(1999)（共に PHP 研究所）がある。
2000年11月7日帰天、享年46歳。

ありがとう、あなたへ

2001年(平成13年)11月７日　第１版第１刷
2002年(平成14年)３月20日　第１版第２刷
2002年(平成14年)12月10日　第１版第３刷
2003年(平成15年)11月７日　第１版第４刷
2004年(平成16年)12月25日　第１版第５刷
2008年(平成20年)７月20日　第１版第６刷

定価：本体1,200円（税別）

著　者　阿南慈子
発行者　田中周二

発行所　株式会社　思文閣出版
京都市左京区田中関田町2-7
電話　075－751－1781(代表)

印　刷
製　本　株式会社 図書印刷 同朋舎

ISBN4-7842-1090-3 C0095
ISBN978-4-7842-1090-9